賽斯謎團

最後良機旅店

THE LAST CHANCE HOTEL

妮琪・桑頓／著 Nicki Thornton

黃彥霖／譯

目次

第一部

第二部

第三部

旅客登記表

1號房	托柏・泰洛迷斯博士——頂級貴賓，對覆盆子過敏
2號房	潘妮洛普・派博靈教授——喜歡被鳥叫聲喚醒
3號房	葛蘿莉亞・鱒豆——寫作業的小桌子，且房間要與派博靈教授相鄰
4號房	戴林德・鄧斯特・鄧斯特伯——三顆極為鬆軟的枕頭
5號房	安卓莉・絲奎——全身鏡
6號房	格高利昂・翠鳥——房間裡要有一張比賽中運動員的照片
7號房	博多・馬爾德伯爵——沒有特殊需求

第一部

1. 最後良機旅店

在最後良機旅店的廚房裡，你所能聽到最大的聲響，通常是某顆孤伶伶的雞蛋快要煮熟時微弱的沸騰聲。

但是今天，亨利．樸德的吶喊讓整個廚房的氣氛都活絡了起來。這位光頭主廚的腰桿因為年紀而變得更彎了，他腳步蹣跚地在廚房裡遊走，咆哮著命令。

「賽斯——那些水果塔呀！現在就拿出烤箱，快點！」亨利的這聲大喊讓打雜小弟賽斯馬上扭轉細長的雙腿，掉頭飛奔向廚房的另一邊。賽斯周身籠罩著大蒜奶油與烤肉的香味，空氣裡飄散著麵粉、香草與調味料的粉塵，煙霧瀰漫。廚房裡蒸氣四溢，所有的果凍都逐漸定型，醬汁鍋則不斷冒著泡泡。

如果說賽斯．賽皮什麼時候會希望自己擁有一點點魔法天分，那肯定是現在了，因為唯有用咒語將他分身成三個人，他才有可能完成那三個令人討厭的上司所交代下來的工作。那三位上司分別是脾氣暴躁的亨利，和最後良機旅店的兩位老闆——剽悍而惡毒的諾麗．邦恩，與她油嘴滑舌又一毛不拔的丈夫霍瑞修．邦恩。有幾位貴賓將在今天光臨最後良機，邦恩先生已經為此坐立難安了好一陣子，彷彿整間旅店都是為了迎接他們而存在。

「我需要更多胡椒，快去拿呀小子！」諾麗．邦恩在爐子旁尖叫著，她拿起黏糊糊的湯匙往賽斯的方向一指，一大坨胡椒醬便順勢甩過了整個廚房。她將自己長而毛躁的灰髮綁在腦後，那張尖長的臉在醬汁上方猛冒汗，試著憋住噴嚏。

不過幸好，邦恩夫婦那位令人不悅到覺得可怕的女兒蒂芬妮已經去上高級廚藝學校了，無法在此從事她最愛的娛樂活動——折磨賽斯。

此時邦恩先生衝進廚房，拍著雙手，像個宣布聖誕節來臨的孩子般尖聲叫著「他們到了！他們到了！」接著又衝回了大廳。

更令人吃驚的是邦恩先生居然換上了櫻桃紅色的背心與條紋長褲，而不是平常那套熟悉的褐灰色西裝。他每天穿著那套西裝，已經穿了好多年了。

諾麗．邦恩扯下身上的圍裙，拉直了灰色長髮，也跟著奔向大廳去迎接那些貴賓。

廚房牆上有道裂縫，可以讓人看到大廳的狀況，並偷瞥一眼光臨的貴客們。賽斯搶在第一個衝至了裂縫前。他把眼睛貼到洞上，耳邊能聽到大廳中鑰匙彼此敲擊的聲音，而邦恩夫婦正以最彬彬有禮的態度向剛進門的客人問好。

亨利踏著異常敏捷的步伐橫越過廚房，用手肘尖把賽斯推到一旁，也從裂縫向外瞄去。「這就是我們的頂級貴賓泰洛迷斯博士嗎？我們這麼努力就只是為了迎接現在這個人嗎？看起來也不怎麼樣嘛。」亨利一邊輕撫自己的肚子一邊抱怨著。「讓我肚子好不舒服，好想放屁。」

賽斯從沒想過他們的頂級貴賓竟然長得像個迷你版的聖誕老人。泰洛迷斯博士有著一頭白髮和圓滾滾的肚腩，雙眼明亮有神，但他的身高肯定只到賽斯的肩膀。

「還有旁邊站的那個小夥子，簡直像隻在炫耀的孔雀。」亨利繼續窺視著外頭的狀況。「我猜那應該就是他堅持一定要帶來的保全吧。還帶保全咧！看起來就跟帶隻雞差不多。小夥子留著小鬍子，實在有夠可笑。」

「那位應該是格高利昂・翠鳥先生。」賽斯想到剛才自己瞥見的那位年輕男子，身穿翠綠色的緊身西裝，深棕色頭髮梳得整整齊齊，脣上掛著一道大且濃密的棕色小鬍鬚，雀斑布滿鼻樑。「要求房間裡要有運動員比賽照片的人就是他。」

旅店的賓客常會有一些特殊需求，但這還是頭一次有人這麼講究房間裡的藝術擺飾。這群客人實在太有趣了。賽斯從沒遇過同時間有這麼多人入住，這也許是因為旅館外頭除了毫無止盡的樹林外，什麼也沒有。現在這場面幾乎要讓賽斯回想起最後良機旅店以前總是客滿時的光景，當時，他的父親還是這裡的主廚。在那段日子裡，人們為了品嘗他那著名的料理手藝，全都心甘情願地艱苦跋涉到這麼偏僻的地方，且以此為樂。

賽斯盼望邦恩先生此時能傳喚自己去幫助有需要的客人搬運行李，這樣他就能從更近的距離把來賓們好好看個清楚。

「我可以想見為什麼泰洛迷斯要絲奎小姐當他的助理了。」亨利低吼著別開頭，給了賽斯偷看另一眼的機會。

安卓莉・絲奎高抬著頭走了進來，彷彿有數千名觀眾正在觀看她的盛大入場。她的長髮又直又黑，但在右側有一道鮮紅的色彩，看起來像是精心設計的造型。她是電影明星嗎？在華美吊燈閃爍光芒的照耀之下，即使是精緻拋光的木製家具與古董掛畫和她一襯都要顯得老舊失色。

「賽斯，快回去工作，」亨利嚴厲地下令，然後挑起一把刀便又回頭去切菜。「不然要洗的碗盤都要堆到天花板了。」

但就在賽斯正要重新開始工作前，亨利突然發出一陣哭號，手中的刀子也掉在廚房的石板地面上，撞擊出噹啷的聲響。

一隻昆蟲飛過賽斯的鼻子前面，撞在窗戶的玻璃上。亨利畏縮了。

「亨利，只是一隻蟲而已。」賽斯安撫著說，輕柔地將小傢伙引向窗戶的開口。牠的尾巴發著磷光，看起來彷彿著了火。

「但那不是一般的蟲，」亨利的雙眼瞪得老大，「那是法文說的『火焰蟲』。你知道這代表什麼意思嗎？」

「你是想說那是螢火蟲吧。牠一定是因為找不到返回林間棲地的路才會跑到這來。你過來看呀，牠好美噢，你不覺得牠們看起來就像被施了魔法嗎？」

「但牠跑進屋子裡了！」亨利表達自己的厭惡，然後用手擦了擦冒汗的上唇。「在我的國家裡，如果有螢火蟲從窗外飛進來，那就是——那就是死亡的象徵。」亨利用力抓住賽斯的手臂。「有人馬上就要死了啊，賽斯。」

2. 魚頭鮮湯

賽斯努力把自己的手臂從亨利緊抓不放的手中抽出來。「那不過是古老的傳說罷了，亨利。別這麼擔心，沒有人會死的。」

他讓螢火蟲重獲自由，但亨利隨即拿了削皮小刀神色倉皇地跑了出去，只留下賽斯一個人繼續準備今晚盛宴大餐要用的蔬菜。

每當感到壓力時，亨利就會一心埋進他的雕刻世界裡。賽斯已經習慣時不時看到某根防風草變形為跨著大步的長頸鹿，或是某塊木頭化身為可愛的小狐狸，只是他不明白，為什麼這種事老是在他需要亨利把晚餐的烤雞或牛肉腰子布丁做好時發生？

賽斯快步走過正滾著冒泡肉湯的醬汁鍋，準備要把魚頭加進旅館的招牌菜魚頭鮮湯之中。他稍早已經準備好成堆的肥厚魚頭，現在它們正等著他下手烹調。眾多的魚眼盯著賽斯，彷彿在說：*你還真以為自己下場很慘呀。*

突然間，他煞住腳步。

他的鼻子在吸入高湯和香料氣味之後，提醒了他一件很重要的事，而且他的鼻子從來不會出錯：肉湯似乎不太對勁。

賽斯小心地提起其中一顆魚頭，想要留給旅店養的貓，夜影。賽斯在圍裙底下穿了件亮藍色長袍，上面有許多口袋，他把魚頭滑放入其中之一。長袍或許花俏了點，但卻是父親僅留給他的物品之一。除了這件衣服外就是一面毫無用處的鏡子，鏡中的影像有時模糊得根本像是完全不同房間的倒影。

他拿起一根迷你湯匙，浸入鍋中，把些許湯舀進嘴裡。魚湯美味而溫暖，讓他想起許多關於父親的事。近來，父親彷彿隨時都會淡化到只剩一段遙遠的回憶。

每一絲肉桂與香料的氣味都讓賽斯回想起父親，回想起他每次跟在父親身邊學習的經驗，他們肩並著肩，一起烘烤麵包、煮湯。關於父親的記憶在他身上留了下來，彷彿小片小片發著光的愛，比他記得的母親還要多上許多。只要一想到母親，賽斯整顆心就會因悲傷而糾結。她在他還是個小嬰兒的時候就過世了，因此無論怎麼努力，他也無法記起任何關於她的事。

儲物架上堆滿了各種雜亂且擁擠的瓶罐，各種形狀、大小、顏色都有。賽斯舉高手從架上找出一小撮乾燥蓍草細枝，撒進湯裡。他心想，雖然邦恩先生總一直不厭其煩地重述他父親被開除的原因，卻也從來沒具體說過到底該怎麼做才正確。

不過這道湯的做法是賽斯的父親自己想的，如今為了招待這麼重要的貴賓，賽斯決心要端出最完美的湯品。亨利・模德主廚對於食材總是不夠用心，從沒正確呈現過這道旅館最有名的料理。賽斯轉過頭朝身後偷偷瞄了一眼，接著便伸手去拿裝有番紅花的透明玻璃長罐。他的腦中響滿了邦恩先生小氣再三的重複警告：「要非常、非常節省地用啊，番紅花的價格以克計算，比黃金還貴。」

他用手指捏了四枝小而纖細的番紅花，帶著恐懼的雙眼再次朝身後偷偷一瞥，然後便把番紅花細枝撒進湯裡。他看著魚湯轉變成濃郁的金色，滿意地笑了。

「噢，噢，噢，賽皮，你一定會為此付出代價。」

賽斯跳了起來，幾乎要弄翻手中的罐子。他絕不可能認錯那討人厭的聲線，但他完全沒想到今天居然會聽到這個聲音。

蒂芬妮・邦恩，旅館主人那位可惡的女兒正斜靠在廚房的門框旁，一臉得意。

3. 可能會當成甜點

「賽斯．賽皮，你這負責刷鍋子的。你已經是世界上最糟糕的打雜小弟了，但現在卻又讓我看到你做這種事？」

蒂芬妮的聲音裡滿是輕蔑。

「蒂芬妮！」賽斯結巴地說，使盡全力想讓自己聽起來態度輕鬆，同時把那罐番紅花藏背後。「妳提早回來了。學校還好嗎？」

蒂芬妮．邦恩懶洋洋地靠著其中一個廚房櫥櫃，把頭歪向一邊。「噢，你想念我了呀。是我爸把我叫回這個位在世界邊緣的可憐地方，他壓力大的時候真的會讓人很煩呀。不過，噢，你真可愛，我不曉得原來你也像我一樣會一天一天數著我回來的日子。」她甩了一下那頭光芒閃耀的金色長髮，天使般的髮絲。

「我真的得去——」

「忙到連閒聊的時間都沒有嗎？可是人家在經過每天的攪打烤炸之後，最想見的就是你耶。」她朝他傾過身，靠得好近，飽滿的高額頭幾乎就要碰到賽斯的肩膀。「廚藝學校教會我一件非常重要的事，那就是：沒有什麼事情比做菜更乏味無趣了。」

賽斯非常誠心地希望，有一天自己的烹飪天賦能帶領他離開這個地方。他渴望煮出能讓人願意長途跋涉來享用的料理，就像他父親以前那樣。雖然賽斯有時連在夢中都無法想像自己身處別的地方，但每當亨利忙著雕刻東西的時候，他就會抓緊機會去做各種嘗試。

「難道你不想知道是什麼原因，讓我可以忍受再次回到這個垃圾坑裡嗎？為什麼我會這麼期待回到這裡呢？」蒂芬妮悄聲說。

賽斯抓著番紅花罐的手捏得更緊了，因為蒂芬妮靠得好近。他能從側頸感覺到她呼吸的氣息，還能從蒂芬妮的肌膚上聞到那段漫長的返家路途，混和了火車灰塵的氣味還有熱巧克力與培根三明治的香甜。

「都是因為能夠看到你呀，我可愛的刷鍋子小幫手。你還深陷在馬鈴薯皮和髒鍋子裡嗎？看來有些事情是永遠也不會變。」蒂芬妮瞪大了那雙彷彿可以催眠人的藍色眼睛。她的膚色是完美的珍珠白，笑容又如此眩目，很容易讓人忽略蒂芬妮真正的可怕之處——隱藏在那外表底下、足以讓她變得危險又致命的聰明才智。「我之所以惦記著要回來，就是想看到我能讓你陷入多大的麻煩裡。這實在太有趣了。」

她一個箭步上前從賽斯背後抓住他的手臂，掐住那罐番紅花，然後把賽斯的手扭得發疼。

「不過現在你倒是自己送上門來了。」她愉快地說。「偷拿廚房裡的東西是嗎？」她把一根手指擱在皮膚光滑的頰上，可愛的臉蛋蜷曲成惡毒的笑容。「我們該拿這件事怎麼辦呢？」

「蒂芬妮——我可以——」

「可惜我沒辦法把那從你的薪水裡扣掉，賽皮。因為你根本沒有薪水，對吧？都是因為你那一事無成的可憐父親，多虧了他帶著我爸最昂貴的幾項資產人間蒸發，讓我們必須負擔你所有的伙食費。」

賽斯討厭自己竟然讓她說的這些話進到心坎裡。但他確實被困在這裡了，無處可去，沒有朋友，沒有親人。有時他會想，也許自己真的得一輩子待在這個地方。

「我爸現在還被蒙在鼓裡，可悲地相信我真的會對那所蹩腳學校有興趣。那些熱死人的烤箱和烹飪食譜！我的父母這麼做根本是在摧毀我的前途，他們真的在乎這件事嗎？」蒂芬妮拿出一張摺好的紙，塞到賽斯手中，用中指輕彈他的額頭。「不過我知道，你不會想讓我爸失望的。」

「這是什麼？」賽斯問。

「某種叫覆盆子帕芙洛娃蛋糕的東西。」蒂芬妮一邊說，一邊檢查著細心彩繪的指甲。邦恩先生喜歡用最複雜的料理來挑戰自己的女兒，然後再對她的精巧手藝大誇特誇，並吹噓她正在那所高級學校就讀。他以此為樂，但其實每個成品都是蒂芬妮叫賽斯幫她做的。

賽斯把紙條塞到耳朵後面。「沒問題，我等會仔細看看。」時鐘正告訴他，距離今晚的重要餐宴只剩不到三個小時了。他把一些水果塔推到架子上放涼。「妳什麼時候需要？妳也知道，蒂芬妮，我們現在很忙。」

蒂芬妮舉起雙手，退了一步。「抱歉，是我不好。」然後她又傾身向前，把紙條從他耳朵後面抽出來。「『我等會仔細看看』，」她帶著低沉的笑聲模仿賽斯，「或者你也可以現在就做？」

「所以我說，妳什麼時候要？」

賽斯把馬鈴薯放進烤箱裡炙燒，激起一陣響亮的嘶嘶聲，熱油四濺，幾乎就要蓋掉蒂芬妮接下來所說的話。

「這很顯然是為今天晚餐準備的。我想，可能會當成甜點。」

賽斯動作停了下來，瞪大了眼睛看著她。

「噢喲，我絕對做不出來的嘛，」她說。「不過就讓我們希望你有辦法吧，不然我就告訴我爸你偷用了一把番紅花。你還拿了魚頭——別以為我沒注意到。好樣的，賽皮，現在居然喜歡把生魚頭當零食。」蒂芬妮嘖嘖嘴，搖搖頭。「這可不是個好現象。還是說，你其實是想把它偷拿去餵那隻你愛得要死的髒貓？」

賽斯深吸了一口氣。蒂芬妮總是這樣，幾秒鐘內就能讓他的心緊縮在一塊，縮得像一顆球，想要橫衝直撞發洩怒意。賽斯想像自己握緊了拳頭，一拳往她那兩排完美貝齒的正中間敲進去。他把氣吞了回去，給出滿臉笑容。

「我用番紅花只是為了加進湯裡，讓湯喝起來有它應有的味道，這可不是偷。妳爸爸想要讓那些貴賓留下深刻印象。」

蒂芬妮抓了一大把賽斯才剛拯救出來的水果塔。「如果你不小心點的話，到時候這些不見的水果塔可能也會算到你頭上。當然了，除非你願意幫我搞定那個……那個……再跟我說一次那東西叫什麼？」

「帕芙洛娃蛋糕？」

「就是它。所以囉，甜點控，我們現在這樣假設好了，如果你有辦法做出前所未有的美味帕芙洛娃，那我應該可以試著忘掉剛才看到的事。」

賽斯看著蒂芬妮邪惡的笑容，他猶豫了，而他們兩個都知道他其實沒有選擇。「我應該做得出來——如果妳可以負責擦亮燭臺，然後擺好餐具的話。」

而蒂芬妮給的回應是賽斯最最討厭的聲音之一，她那可怕如狗吠般的笑聲。

「刷鍋子的，我們都很清楚不可能有這種事。」她把一塊餅拋進空中，俐落地以翹得老高的嘴咬住。「如果你接下來還有什麼事得東忙西忙的話，我有一點善意忠告想提醒你一下，趕快動起來才是真的，別傻站在這嘮嘮叨叨啦。」

4. 泰洛迷斯博士本人

大廳傳來一陣呼喊：「賽斯，更多客人到了。行李呀！快點動起來！」回應邦恩先生傳喚的賽斯迅速衝進入口大廳。水晶吊燈的光點灑在黑色牆面上閃閃發亮，散發出一種引人入勝的派對氛圍。他在這天早上五點才打磨過大廳地板，現在地面光滑到他得非常努力才能勉強讓自己站穩而不滑飛出去，他差一點就要撞上一個跟他同樣年紀、外表非常奇特的男孩。

男孩身穿綠色天鵝絨緊身西裝，臉上掛了超大的笑容和巨型尖耳朵，似乎正努力以此彌補他身上其他地方全都小人一號的遺憾。

「小心。」男孩急忙舉高了手臂，用出乎意料的小短腿轉了一圈，彷彿賽斯真的撞了他滿懷。接著男孩露出一臉惡作劇的笑容，頑皮地向賽斯眨了眨眼。「沒事，沒人受傷。」

「賽斯，注意一點！」邦恩先生打了個響指，嚴厲地喊道。「戴林德・鄧斯特—鄧斯特伯大師只是需要有人幫他搬運行李，而不是被撞飛到明年預先過聖誕節。你順便問一下馬爾德伯爵是不是也需要幫忙提包包。」賽斯彎腰提起兩只巨大的行李包時，瞄到戴林德身旁站了一座如高塔般的蒙面身影。那個人蘢罩在黑色旅行斗篷之中，聞起來彷彿剛從某個寒冷地域長途旅行而來。

旅人往後掀開帽子，露出黑色的渾圓光頭，皮膚像葡萄乾似地滿布皺紋，同時有道可怕的疤痕從蒜頭鼻下方劈向嘴脣一角，把嘴角往上提起，形成一道恆久不變的冷笑。蒂芬妮不需要疤痕的幫助也能做出完全相同的表情。賽斯有些驚慌，往後退了一小步。

「年輕人，如果你要找我的話，我在七號房。」披著斗篷的伯爵笑著露出缺了幾顆牙、牙齒都染黑的嘴，愉悅地對戴林德說著，接著便朝樓梯走去。他低頭避開過低的天花板，開始走上樓梯。「真不敢相信那個老托柏．泰洛迷斯本人就在這裡，我們可有得聊了。你剛才是說在一號房嗎？」

「泰洛迷斯博士本人在這裡？」男孩複述了一次，雙眼圓睜。「真的嗎？」

沉重的木製大門緩緩朝內盪開，發出咿呀聲響，宣布又一位旅客到來。

一名氣勢軒昂的女人從門外大步踏入，帶著渾身熱帶風情的香水氣息朝他們湧來。她穿著的裙子像一頂擁有上百種不同色彩的巨大帳篷，占去了旅館大廳大部分的空間。她挑染了斑斕色彩的金髮全向上梳起，在她的頭頂堆得老高，幾乎就要刮到最後良機旅店的低矮天花板。

「派博靈教授，歡迎您的蒞臨。」邦恩先生邊說邊彎腰鞠躬，鼻子都快碰到地毯了，賽斯可以看到他的長褲緊勒著臀部。「很榮幸能接待像您這樣聲譽響亮的貴賓。」

教授篇幅頗長的蓬鬆裙襬後方出現一位小女孩，外表大約九歲，看起來像是一放學就直接來了這裡。她穿著黑色直筒裙和開襟毛衣，白色硬挺襯衫的扣子一路扣到了脖子上。

派博靈教授把女孩從身後趕出來，推著她上前。「這是葛蘿莉亞．鱒豆，我深交摯友的女兒。我與偉大而光榮的鱒豆家族之間有所交情，這點始終令我引以為傲。」她擺出一副自豪而冷冽的笑容。

相對於同伴的斑斕色彩，葛蘿莉亞的外表幾乎可以說是負片版本的派博靈教授。她那煤玉一般烏黑的直髮平均地散落在臉頰兩側，臉上的顏色彷彿是上個星期的牛奶。她沒對任何人問候示意，連頭也沒點，只是直盯著腳下磨損地毯上褪色的紅色漩渦，然後悄悄往上偷看一會，並眨了眨那雙奇特的、沒有色彩的雙眼。

戴林德．鄧斯特—鄧斯特伯用一雙小短腿蹦蹦跳跳地跑向兩位新到的客人。他只比葛蘿莉亞高一個頭而已。他先牽起葛蘿莉亞的手，然後又拉住派博靈教授的。戴林德的手指意外地粗大、強壯，不禁讓賽斯聯想到雞肉棒棒腿。

「鄧斯特─鄧斯特伯──我是在哪裡聽過你的名字呢？」教授用手指嗒嗒作響地敲著自己的下巴，若有所思。

「也許您比較認得我的藝名『偉大的甘道福迪尼』[1]？」矮小的男孩試著讓自己聽起來很謙虛，不過顯然失敗了。

「那個才華洋溢的年輕幻術師？那就是你？不可能吧？太驚人了！我一直說著要帶葛蘿莉亞去看你的表演。」

戴林德行了個禮。「請讓我知道妳們什麼時候要來，我會非常高興能為妳們安排現場最好的座位。」

邦恩先生清了清喉嚨：「親愛的教授，請容我為您獻上飲品，洗去您旅途的塵埃。」他對賽斯打了響指，賽斯此時還在試著把戴林德．鄧斯特─鄧斯特伯的沉重包包扛上肩。「並且協助您安置行李。」

邦恩先生揮了揮手便消失在通往廚房的門後，留下賽斯獨自帶領客人登上迂迴崎嶇的階梯。他們在途經以老虎為主題的畫作之後攀上二樓，抵達樓梯口平臺那幅人物畫前，畫中的女子戴著一頂用大量水果布置成的帽子。

趁著賽斯低頭找鑰匙，鄧斯特─鄧斯特伯轉向派博靈教授問：「妳知道嗎？泰洛迷斯博士在這裡！我們就要在那位偉人面前，親自向他展現我們的能力了！」

他興奮到臉都皺了起來，不過派博靈教授卻頓時白了臉，華麗的衣服似乎先是一陣搖盪，然後又鎮靜下來。

「泰洛迷斯博士在這裡嗎？」她把手叉在胸前。「那我就一定得讓他知道我對這件事情的看法了。居然讓某些極其高貴的古老家族經歷這種荒唐程序，簡直丟臉。」

正把戴林德的包包提進房間的賽斯對他們的對話內容一頭霧水。派博靈教授說的「程序」是什麼？無論確切內容為何，聽起來似乎都跟在泰洛迷斯博士面前「展現他們的能力」有關。

但看到派博靈對此感到苦惱，鄧斯特—鄧斯特伯的笑容卻變得更深了。他搓著手說：「聽起來今天晚上會比我預期的更加有趣呀！」

1　譯註：甘道夫跟胡迪尼的融合字。前者是《魔戒》中的老巫師，後者是十九世紀末到二十世紀初的著名魔術師。

5. 最後的覆盆子

把新到的客人們安置進各自的房間後，賽斯終於能回到樓下的廚房裡打發帕芙洛娃蛋糕要用的鮮奶油。雖然知道蒂芬妮最終會拿走所有功勞，但賽斯還是訝異於自己竟然有機會能讓重要的貴賓嘗到自己獨力完成的作品。帕芙洛娃的蛋糕體由螺旋狀的蛋白霜組成，當他把最後一顆圓潤飽滿的覆盆子放到蛋糕上時，賽斯知道這份甜點將會美得令人驚豔。「你這個大白癡。」他身後的聲音說。

他討厭她總是能這樣偷偷溜到自己背後。「你這笨蛋，竟然用了覆盆子。」

「這對覆盆子帕芙洛娃蛋糕來說是不可或缺的部分啊。」

「但對今天晚上的主要來賓泰洛迷斯而言不是這樣。他對覆盆子過敏呀，你這個沒大腦的天才。你這樣根本比你那一無是處的老爸更糟糕了，不是嗎？我說的是『草莓』。『草莓帕芙洛娃』。你是想讓我變成全世界第一的大傻瓜嗎？」

蒂芬妮是故意說錯的嗎？賽斯知道她最喜歡做的事情就是設圈套推他臨上火線，看他慌張焦急地掙扎是她最愛的娛樂。但跟她爭論這些一點意義也沒有，現在最重要的是確保他們的頂級貴賓能吃到一份不會引發過敏的甜點。

不過與此同時，賽斯也很生自己的氣。「永遠都要了解客人的特殊需求」這是根深於他腦海的基本觀念了，他應該要記得這位頂級貴賓對覆盆子過敏才是。而且他居然沒看穿蒂芬妮的陰謀，這點令他對自己充滿憤怒。

「有客人死在我們頭上並不是件好事，賽皮。如果那看起來像是我的錯，可就更糟糕了。」蒂芬妮在他耳邊大吼。賽斯害怕突然衝上來的蒂芬妮會一把搶走他的傑作砸在地上——更糟的是砸到他臉上——於是便急忙把帕芙洛娃蛋糕拿到她碰不到的地方並緊緊護著，蛋糕上的打發鮮奶油被震得搖晃起來。

「至少，我沒有花了這麼多年在廚藝學校，但卻連帕芙洛娃是什麼都不知道。」賽斯頂嘴嗆了回去，那些話在他意識到之前已經脫口而出，根本來不及阻止。

蒂芬妮的雙眼怒地瞪大。賽斯深吸了一口氣。他從來沒對她頂嘴過。

賽斯就那樣緊張了好一段時間，感覺氣氛逐漸緊繃，彷彿等著馬上就要揮下來的藤條。

「我會幫泰洛迷斯博士做點別的東西。」賽斯在蒂芬妮來得及開口前，便結結巴巴地把話丟出來。「我會為他準備一份非常特別、專屬於他的甜點。」他做出承諾，然後小心翼翼地把完美的帕芙洛娃蛋糕推進大冰箱裡，再迅速把門關上，好讓蒂芬妮那雙細緻、卑鄙，如牛奶般潔白的手無法染指。

「你最好表現得優秀一點。」蒂芬妮說。鈴鐺的聲響讓他們兩人都抬頭往上看。廚房門上掛了一列老派的鈴鐺，全都連結到各個房間，哪顆鈴鐺響就表示那間房間的住客需要客房服務。

八號房。要求客房服務的是格高利昂・翠鳥。

賽斯點點頭，眼神黏在那只叮叮噹噹響的鈴上，極度渴望馬上飛奔離開這裡。

蒂芬妮看著鈴鐺再次響起，她懶洋洋地靠著冰箱，打了一個緩慢、巨大的粉紅色呵欠。

然後她的藍色眼睛突然張大。

「嘿，這可能就是你翻身的機會了，賽皮。趁這次讓他們發現你的才能，也許他們會提議帶你離開這個地方，帶你踏上名望與財富雙收的偉大旅程。」

「不可能的，蒂芬妮，」他在門口停了下來。「因為妳一定會告訴每個人那是妳做的。」

她把頭歪向一旁，榮光滿面地露出勝利的笑容。「或者，我這次也可以告訴他們這都是你的成果，全都是你一個人的努力。」她柔聲說道。「你覺得怎樣？」

賽斯望進蒂芬妮美麗的雙眼，不禁感到一絲希望。

那一瞬間，她真的讓他相信她說的話了，而他也在那瞬間被那個機會吸引上鉤。接著她的臉便皺了起來，爆發出一陣討人厭的大笑。

「噢，這實在太好玩了！你真的相信那有可能發生，對不對？做夢去吧，賽皮。我知道嘛，你的做菜天分也還不算太糟……」他穿在藍色長袍外的圍裙上有一塊因為沾到肉汁而留下的汙漬，蒂芬妮此刻戳了戳那塊汙漬。「但可別忘了，你只是一個負責刷鍋子的洗碗小弟。你永遠都會是一個洗碗小弟，你永遠也離不開這個地方。我每次回家的時候，你都還是會站在那最適合你的角落，兩隻手深陷在削下來的馬鈴薯皮裡。你知道這是事實。你永遠都比不上你爸爸。」

賽斯感覺自己的內心再次縮成了球，充滿憤怒，但無處發洩。他慢慢向後退開，然後衝上樓梯，耳朵裡迴盪著蒂芬妮那如狗吠般的笑聲。

唯一能保護他不受蒂芬妮折磨的只有一份份優秀的食譜，但她還是會搶走所有的功勞，每一次都這樣。難怪他始終無法想像自己真的逃離這地方時的樣子。

6. 藥草茶與奶油餅乾

當賽斯踏上客房樓層，馬爾德伯爵的臉正好從泰洛迷斯博士的房間裡鑽出來。伯爵一與賽斯的雙眼對上，整張臉色就變了，他滿布紋路的臉彷彿紙張般皺起。

「嗯嗯，喔，我們只是想問問，能不能來杯茶呢？然後我和我的好友泰洛迷斯博士另外還想要一壺水，單純的熱水就好。等你有空再拿來就可以了，不急。」

「當然，沒問題。」賽斯說。

賽斯沿著廊廳往下走，終於抵達用鈴鐺召喚他前來的格高利昂．翠鳥的房間。他敲了兩次門，但都沒有回應。他小心地踏進房裡，猜想自己可能來得太晚了。賽斯一走進房間，某樣東西立刻吸引了他的注意。

正對房門的書桌上放了一面鏡子，深色的鏡面與深色木頭材質就跟他父親留給他的那面鏡子完全一樣。賽斯以為這是他的鏡子，於是便穿過房間走到桌前拿了起來。

就在他拿起鏡子的當下，發生了兩件事。

首先，他馬上意識到這跟自己的鏡子不太相同。但即使如此，當他看見鏡中倒映出自己蒼白的臉龐和充滿憂慮的雙眼時，心裡卻還是升起一種奇異的感覺，彷彿他立刻就能鑽進鏡中的世界。他每次看向自己擁有的那面鏡子時也會有這種感覺。

同時間，他的身後也傳出一聲怒吼：「你到底在做什麼？」

賽斯手忙腳亂地轉過身，手肘撞到一只斑駁木盒的邊角。木盒表面是凹凸不齊的木質，上面寫著「鬍鬚保養組」，他好不容易控制住自己才沒把排列整齊的梳子和刷子全撞翻在地。

但賽斯手中的鏡子卻掉了。

格高利昂．翠鳥迅速衝過來接住鏡子，而賽斯也做了同樣的動作，於是兩人的頭就這樣撞在一起。

賽斯覺得自己的臉應該漲成了酒紅色，嘴裡支支吾吾地說著自己是要來提供客房服務。

「你動作倒是挺快的嘛！」翠鳥酸溜溜地說，眼神彷彿他剛抓到賽斯偷東西。「我已經自己解決了，現在請你立刻離開這裡。」

「好的，先生。沒問題，先生。」

賽斯再次道歉，但他沒忘記還要幫一號房泡茶，於是便又快速奔回廚房。他看著眼前待洗的碗就要堆成一座不可思議的高塔，意識到自己還得構思泰洛迷斯博士的特製甜點。

幾分鐘後他回到了一號房門前，稍微有些氣喘吁吁。「這是您的茶和熱水，還有檸檬和肉桂口味的奶油餅乾，希望您喜歡這種酥脆的口感。」

賽斯穿過房間走到桌前。有著醜臉的伯爵坐在桌旁的椅子上，模糊得只看得出一圈輪廓。伯爵正從橘色小袋子裡拿出某樣東西。房間裡有股藥草似的味道，賽斯聞出了茶香，是帶有一絲草味的綠茶。

泰洛迷斯博士踏著小步伐朝他走來，和藹的眼神裡帶著歉意，對顯然已經很忙的賽斯還要幫他們送茶而不好意思。

賽斯放下端茶的托盤時瞥見桌上有張黃色紙條，他不禁偷看一眼：

誠摯邀請您前往最後良機旅店，監督「遠景」候選人的表演示範會。

已提出申請之候選者名單如下。

下面列了一長串名字。

泰洛迷斯博士此時走到他身旁，說道：「小夥子，讓我為你介紹我的老朋友，這位是馬爾德伯爵。你叫什麼名字呢？」

在他這一生中，從來沒遇到哪位貴賓有興趣知道他的名字。

「賽斯．賽皮。」他終於想到自己應該回答。

泰洛迷斯博士像是很高興見到他似地抓住了賽斯的手，讓賽斯覺得這位和藹有禮的老先生一定是認錯人了。但他不想解釋自己其實只是個打雜的小弟。

伯爵露出寬大的笑容。「誰想得到我的老朋友泰洛迷斯會來這裡呢！」他咯咯笑了起來。「這場選拔會簡直是地獄呀，很高興當我決定逼自己參加時遇到的主辦人是你，老傢伙。這應該會讓我好過一點了。」

「我永遠都會保持絕對的公平。」泰洛迷斯眨了眨眼睛，搖了搖頭。「就算對你也一樣。」

他伸手拍了拍馬爾德伯爵的肩膀，然後便斜過身體靠著牆，此時賽斯突然有種非常奇怪的感覺，彷彿牆面在碰到老人的身體時嘆了一口氣。

泰洛迷斯博士送賽斯走到門邊。「這裡可真是個偏遠的地方啊。賽斯，你有家人嗎？」

賽斯發現自己滿臉微笑說：「真的很偏遠，附近就只有無邊無際的樹林而已。我想我父母以前一定很喜歡樹木。」

「以前？他們已經不在了嗎？」

「都走了。」賽斯感覺得到自己聲音裡的哽咽。他不確定上次看到爸爸是多久以前的事，總之已經久到他不抱持著能再見上一面的希望了。

「很遺憾你遇到這樣的事。」泰洛迷斯博士說，然後把某個東西塞到了賽斯的手中。

打雜小弟的工作負責設桌布置、倒垃圾、擦亮燭臺，但賽斯以前就發現，大部分的客人都不會給打雜小弟小費。就算真有誰打了賞，通常也會被邦恩夫婦截走。

但是，泰洛迷斯博士此時卻給了他一枚沉甸甸的厚實硬幣。賽斯想開口拒絕，不過泰洛迷斯博士闔上賽斯的手，讓他收下這份禮物。

「如果我是你，我會把它收在某個安全的地方。現在，快走吧，去完成你該做的工作。很榮幸能見到你。」

賽斯放棄辯解。泰洛迷斯博士肯定是把他跟某個人搞混了。「先生，請問您最喜歡哪種食物呢？我是指做成甜點的食材。」他把腦袋裡想到的唯一念頭說了出來，現在的他真的很想做點什麼來報答這位善良的老紳士。

「杏桃。」泰洛迷斯博士回答。

杏桃，賽斯點點頭，腦中開始飛快地閃過各種可能派上用場的食譜。

「來吧，泰洛迷斯，」馬爾德伯爵沙啞地說。「來喝杯茶，交代一下錯過的消息吧。

等會樓下就要展開四人吹牛大會了，到時我就能認識這些遠景選拔的競爭者，看看我的對手是誰。要是情況允許的話，我還真想先從他們那邊贏一點錢回來。」

因為提到了錢，賽斯突然意識到口袋裡那枚硬幣的重量。他把硬幣從口袋裡掏出來，清楚感受到它的厚實與沉重。當他發現那是真的金幣時，心跳頓時快了幾拍。為什麼泰洛迷斯博士會給他金幣呢？這一定是個誤會，但那位老先生的態度又如此堅持。

賽斯只知道，不管自己還能利用的時間有多短，也不管還得清理多少座燭臺，他都會找到空檔做出甜點，為這位老先生的臉掛上笑容。

7. 咧嘴笑開的瘋帽女人

但有件事要先做。賽斯此時終於有機會能走向頂樓，去餵他那隻可憐的貓了。他回到自己的房間，把偷來的魚頭丟進夜影的碗裡，並為擺脫犯罪證據而鬆一口氣。房間的地板上有一小片非常破舊的地毯，夜影的碗就放在地毯的中間。

「夜影……夜影？妳都不曉得為了幫妳弄到這餐，我惹上多大的麻煩。」

他走過彷彿比薩斜塔般歪向一邊的狹長衣櫃，整個人無力地坐在狹窄的床上。那張床墊甚至比亨利的馬鈴薯泥還要凹凸不平。他的黑貓正蜷縮睡在床的中央，和深色的粗糙毯子融合成一體，幾乎就要消失在陰暗的房間裡。

他擁有的那面鏡子還安放在被當成床頭櫃的紙箱上。他拿起鏡子，看到自己的瘦臉也正回望：大眼睛、髒頭髮、蒼白皮膚，立在那件亮藍色長袍的頂端。接著他的鏡子就像以前一樣，突然把他的影像換成了別的東西。這次顯現的是二樓階梯中央平臺上的一幅畫，某個咧嘴笑開的瘋帽女人。他慌忙地放下鏡子。

夜影一陣翻動，伸長前腳的爪子在床單上抓了幾下，壓低了腰，一臉責備地看著賽斯。因為被吵醒而脾氣暴躁的她飢腸轆轆地撲向那顆魚頭。

「說到麻煩，夜影，我現在好需要再想出一道食譜。那塊帕芙洛娃蛋糕是我至今最完美的作品，」他嘆了口氣，掏出金幣給夜影看。「但我需要為泰洛迷斯博士做出更好的料理。」賽斯用手理過自己的頭髮。「可是我好像就是想不到更棒的點子。」

夜影踩著腳上的肉球，輕輕走向癱坐在單薄床墊上的他，讓彈簧發出了幾聲抗議。她跳上賽斯的大腿，把針一般尖銳的爪子深深壓在他的腿上，彷彿賽斯只是一團坐墊。

「妳覺得呢，夜影？妳觀察了爸爸這麼多年，記不記得他用杏桃做了哪些傑作？有想到什麼好主意嗎？」

他起身時移動的重心把她斜推到地上，夜影翻身跳走，開始用爪子挖起牆上的某個小洞。大概是看到蜘蛛了吧。

「竟然問自己養的貓能不能幫忙，看來我真的麻煩大了。」

賽斯穿過房間往老舊橫梁下的某個地方走去，梁旁的石膏牆面已經開始剝落崩解，形成一個很適合用來藏東西的大洞。他把手伸進洞裡拿出一只玻璃罐，上頭的磨損標籤本來寫著「吉伯特超酸醃黃瓜」。罐子中存放著賽斯多年來收到的每一分微薄小費。現在，他小心翼翼地把金幣放進罐裡。夜影還在扒洞。

「找到什麼了，老鼠？還是蜘蛛？」蜘蛛是她的最愛。賽斯有時會看到幾隻長腳突出掛在夜影的嘴邊，那畫面簡直令人毛骨悚然。

她沒有要停下來的意思。事實上，因為這樣狂抓亂挖，牆上已經被鑿出一個頗大的凹洞，石膏碎屑濺得到處都是。

「夜影，停下來！我現在沒空去清理那種混亂的場面。」

她全身都沾滿了石膏。

雖然已經一片狼藉，牆上又多了個洞，但賽斯卻止不住地大笑起來。「妳現在不是黑貓了，而是灰貓。我應該要改叫妳煙霧才對。」

但當他彎下腰仔細查看她到底做了什麼好事時，就笑不太出來了。而夜影又開始扒挖起那個洞。「不要這樣，夜影，妳夠了喔！」

他粗魯地把她推開，但她一扭身便脫離他的控制，然後把爪子再次插入洞裡，又開始挖了起來。

「到底是什麼？妳不是在抓老鼠或蜘蛛對吧？」

賽斯彎腰把眼睛湊到洞上看去，裡面似乎有個東西。他一邊想著希望不是老鼠或蜘蛛，一邊伸手進去用指梢的尖端輕摸，然後把藏在裡面的東西拖了出來。

他馬上就發現那是本書。一本黑色小書，屢經翻閱，看起來年代久遠到他深怕它會在自己手中崩解四散。賽斯拿起書，看到黑色封面上沒有任何標誌，也沒有刻字。不過，雖然是本舊書，上頭卻有條用來把書頁綁緊的紅色粗繩，顯然曾經受人珍視。

突然在自己無趣乏味的房間裡發現這麼奇特、古老且可能非常貴重的東西，把賽斯整個人都嚇傻了。在他意識到之前，他發現自己的手已經解開紅繩，將書翻開。

8. 奇異黑書

書摸起來有種溫暖的感覺，彷彿正隱約散發著光芒，並似乎正迎合賽斯的觸摸而重新塑造它自己，像是終於物歸原主。

他在窄床的其中一端坐下，膝上墊著書，很快就沉浸在豐厚的書頁之中，裡頭充滿了潦草筆記、塗鴉、圖片和滿是怒意的刪改線。

賽斯很興奮地發現，這本書的內容幾乎都是食譜，而且是罕見的祕方。裡頭有榅桲奶酒的配方、烤乳鴿的食譜，還有……栗子填餡天鵝肉；要說到賽斯最愛的東西，那一定非新的食譜莫屬了，而且這裡記載的全是他沒看過的菜餚。

這真是一本令人難以抗拒的書。一頁又一頁的內文不僅教你如何自己做鞋油和烤箱清潔劑，還同時記載了鄧迪水果蛋糕或是某款飲料的食譜。食譜裡還特別標出各種「對狗狗身體好」的香草和莓果。

賽斯繼續往後翻看，急切地想要尋找有沒有能做給泰洛迷斯博士的料理。他翻動著書頁，突然瞥見某張草稿，於是便停了下來。上面畫的是一只鳥籠。邦恩先生每天有大部分時間會拎著報紙躲在某間房間裡，那間房裡的天花板上就掛著一只非常類似的小籠子，只不過眼前書上畫的這只看起來似乎著了火，而且下方寫著「螢火蟲之籠」。

夜影悄悄溜上床走到他身邊，賽斯伸手撫摸她的軟毛。她看起來跟平常的樣子還是有些不太一樣，沒那麼烏漆墨黑，但那雙綠色的眼睛依然凸出，正帶著聰慧的光芒盯著他看，像兩顆雙生的月亮。

「這就像是一本收集冊，彙總了各式各樣的自製手工創意物品，而且有些東西真的很怪。」他盯著書頁上某樣小鏡子的說明，那種鏡子的名字叫做「逃跑鏡——讓您能祕密行動」。聽起來不太正派啊。

「這裡頭不只有食譜而已，夜影，這個人肯定也像我一樣，喜歡收集和實驗新菜單。但我現在最需要的是用杏桃做成的新甜點，而且要好吃才行。記得剛才好像看到有個章節叫〈最受歡迎家庭料理〉。」

他往回翻，馬上就找到了自己需要的東西，「杏桃派對」。賽斯快速瀏覽過食譜。做法簡單而細緻，太完美了。賽斯闔上書，因為放鬆而和緩。終於等到這麼一天了，命運似乎站在他這邊，感覺像時間特別為了他慢下腳步。

「就是這樣，夜影！我需要妳的幫忙。我們動作得快一點，現在就要去找杏桃。」

他轉向夜影，她正忙著用貓爪清理自己身上覆蓋的淺薄灰塵。她停下動作，低矮的身形像一道移動流暢的液態陰影，毫無遲疑地跟上賽斯的腳步，隨著他走下樓梯踏至旅店外頭的花園，開始尋找杏桃的任務。白晝已經開始迅速消失，時間所剩無多了。

9. 指責

長袍口袋盛滿了杏桃的賽斯重新溜進旅館的接待大廳，緊張兮兮地觀察著是否有人發現他不見了。不過，當他走過交誼廳，聽到霍瑞修·邦恩興高采烈地詢問大家要不要喝飲料時，一口氣便又鬆了下來。之前馬爾德伯爵提到某種卡牌遊戲，現大家應該正熱衷於彼此認識。

這表示沒有人會搖服務鈴。不過即使如此，他也沒有太多時間可以花在那道甜點上。賽斯先進到餐廳擺設好閃閃發光的長餐桌。桌子上方掛了畫，兩名男子正共享著麵包和起司。他已經快要沒有時間了，只希望沒人會注意到他沒把燭臺擦亮。

八張座椅滿心期待著誰快來入座。雕飾得最華麗的那張椅子放在桌首主位，那將會是泰洛迷斯博士的位子。

賽斯把預熱的托盤擺至定位，因為屆時沒人會在這裡替客人作桌邊服務，必須得靠托盤的熱度來幫食物保溫。這會是一場私人餐宴，到時廳門緊閉，在場的只有客人。

邦恩先生已經把這場私人餐宴需要注意的每個小細節都深植所有員工的腦中，唯獨沒提到餐宴的目的到底是什麼。賽斯把一張小桌子移至泰洛迷斯博士座位後方，覺得這會是擺放那份杏桃甜品的最佳位置。他不禁在腦中想像起計畫中要用來盛放甜點的那只玻璃盤。

他想起自己在泰洛迷斯博士房裡偷瞄到的那張紙條。那是某場表演示範會的邀請函，說是為了一群「遠景選拔」的候選者舉辦的。這到底是怎樣的奇怪活動呢？為什麼每個人聽到泰洛迷斯博士來到這裡時，反應都那麼強烈？他們要迎接的頂級貴賓到底是誰？在返回廚房之前，賽斯再次靜下心對座位安排進行最後確認。

泰洛迷斯博士、派博靈教授、葛蘿莉亞・鱒豆、戴林德・鄧斯特—鄧斯特伯、安卓莉・絲奎、格高利昂・翠鳥、馬爾德伯爵。

來賓只有七位，為什麼他會被告知要在餐桌旁準備八個人的座位呢？

交誼廳飄來陣陣笑聲，伴隨著老爺鐘整點報時的響亮樂音，在在提醒著賽斯，返回廚房預備上菜的時間就要到了。而他還有一份甜點要做。

賽斯再次經過交誼廳前，瞥見泰洛迷斯博士、馬爾德伯爵、派博靈教授和戴林德・鄧斯特—鄧斯特伯等人正擠在舒服的椅子上，圍繞著一張矮桌玩牌。座位旁邊就是賽斯早先升好的火堆，他們的笑臉上映照著火焰不斷跳動的光芒。其他的人則在鍍鉻而閃亮發光的雞尾酒吧檯旁喝飲料。

交誼廳是整間旅店裡最舒服的房間。這裡沒有厚重的木板牆面，而是漆上了能反射光線的淺色油漆，並設有白色大理石製的素雅壁爐。就連牆上的裱框畫作也都描繪著人們享受派對，或是躍入泳池等這類愉快的主題。

馬爾德說了個笑話，讓所有人爆出一陣歡欣大笑。很好，每個人都享受著這一刻，無暇分神。

賽斯一回到廚房裡，亨利便滿臉怒意地迎上前來，指著那堆搖搖欲墜的待洗碗盤。但賽斯只是直接從旁邊走過，並提到自己會在晚餐後把它清洗完畢。

他深吸了一口氣，然後把那本神祕黑書斜靠在自己面前的檯面上。他分毫不差地遵照書中的指示，將分離出來的蛋黃打發成扎實的奶霜狀，加入些許檸檬皮屑，接著拌入新鮮的杏桃果肉、小撮肉桂，並仔細倒入正確比例的馬沙拉葡萄酒。只不過三分鐘，他便已著手把完成的甜點舀至一只高雅的高腳玻璃盤上。成品的質地輕盈、蓬鬆、柔滑，呈現如卡士達醬般的奶油黃色。

他閉上眼睛在心底祈禱著，然後緊張地試吃了一口。

它的味道就和他想像中一樣美妙，完美至極。賽斯感到一陣飄飄然，彷彿在向他打包票：就是今天了，今天就是他展現光芒的日子。

「這就是那份甜點？」出現在一旁的蒂芬妮把他重新拉回現實。

她端出此生最得意的笑容之一，剛好蓋過原先掛在臉上一絲若有似無的焦慮表情。「我本來還以為這次要讓我失望了呢，你這刷鍋子的。要是你真的甘願冒險做那種傻事的話，我可就完全無法為你著想囉。」

賽斯端著甜點小心翼翼地走到廚房另一端。他以幾片圓潤飽滿的新鮮杏桃切片當作綴飾，並將最後的完美成品放入裝有冰塊的碗中，以保持正確的溫度。甜點前有張標籤寫著「獻給泰洛迷斯博士的特別點心」，賽斯確定標籤擺放的位置正確之後，才和蒂芬妮一起走進接待大廳。邦恩夫婦正在大廳中焦急地徘徊。

此時翠鳥、泰洛迷斯博士和馬爾德伯爵都站在餐廳外頭，而潘妮洛普·派博靈教授、葛蘿莉亞·鱒豆、安卓莉·絲奎和鄧斯特—鄧斯特伯等人則站在樓梯上看著，等待他們宣布這場晚宴的餐點已經完全準備就緒。

賽斯把手中的甜點交給蒂芬妮，在場的每隻眼睛都盯著那份細緻而優美的作品。蒂芬妮轉過身，給出她擅長的甜美假笑。

「噢，賽斯，」她用一種可憐兮兮的聲音說：「我千辛萬苦才完成這份甜點，希望你不介意幫我一點小忙，把它端到桌上放好。」

賽斯感覺所有的眼光落在自己身上。翠鳥不耐煩地幫他撐著刻有雕飾的木門，他經過翠鳥，走進餐廳，晚宴的其他菜餚都已擺放妥當。

「看來這場宴會的開始時間得比原先預定的六點半晚上幾分鐘了。」翠鳥在賽斯經過時厲聲發難。「不過這項儀式旨在保持公正、寬容，本來就容許發生這類疏忽。」翠鳥繼續說道，並丟給賽斯一記輕蔑的眼神，以毫不含糊的方式表明賽斯又在無意間惹毛了這位年輕人。

翠鳥用同樣不耐煩的態度看了一眼手錶。「就讓這當成是宴會將於五分鐘後開始的最後通知吧。現在我們會鎖上這道門，以嚴格的程序防止有人事到臨頭才想到要抱大腿或搞破壞。這將是一場私人密會，不接受任何窺探，我相信各位應該也都不想看到外人在這裡跑進跑出。」翠鳥這麼說，並在賽斯匆忙地走出房間後動手關上餐廳入口。

「我們知道有些人可能會將某些珍貴的神祕裝置帶到今天的宴會上，也了解你們不想讓外人偷看這些裝置。」他流利地說著。「因此，各位候選人，請趁現在這個機會去拿你在示範時需要用到的任何設備，並在整五分鐘後拿著你所需的物品回到這裡，到時候我們會打開門鎖。請務必準時。」

厚重的門扉猛然關上，邦恩先生和翠鳥分別用兩把鑰匙鎖住兩道門鎖，一道位於頂端，另一道位於底部。此時所有來賓都衝向樓梯。

賽斯完全想不到翠鳥所說的珍貴神祕裝置可能是指哪些東西，也不知道這些人到底要示範些什麼。他不懂為什麼這頓晚餐非得在祕密中進行不可，也不曉得為什麼需要這麼複雜的程序。他覺得這件事太有趣了。但在此時，這一切都不重要。他知道自己的甜點既優雅又完美，並且確信，今天就是他人生的轉捩點。

10. 都是賽斯做的

五分鐘後，賽斯忍不住跑回來看，剛好遇上邦恩先生和翠鳥正打開餐廳的門。安卓莉．絲奎和泰洛迷斯博士首先走入，並在餐桌最遠那端安排好的位子坐下。接著，興奮地喋喋不休的派博靈教授領著葛蘿莉亞走了進去，他們後面跟著摩拳擦掌，顯然也非常興奮的鄧斯特—鄧斯特伯。馬爾德伯爵和翠鳥則走在最後。

七名客人。賽斯急切地四處張望，想知道第八個人會是誰，但他突然感到一隻手沉重地落在自己的領子上，並聞到亨利充滿大蒜味的氣息，隨後便被拽進廚房去面對那堆待洗的鍋具。那些鍋具已經堆成一座塔那麼高，彷彿正在左右搖曳，向他招手。

賽斯捲起袖子，開始打水起泡，但仍無法抑制住心中的好奇，想知道那深鎖的門後到底正在進行什麼大事。

如果那份甜點真的有幸讓泰洛迷斯博士留下深刻印象，那這是否表示賽斯終於找到能夠讓他傾訴夢想的對象了呢？也許他可以向這個人尋求幫助，好離開這裡，另外尋找一個能夠光明正大烹煮自己的料理，且無須再躲躲藏藏的地方。他終於有機會這麼做了嗎？

但他的心還壓在另一項重擔底下。賽斯很清楚，自己得先起身反抗蒂芬妮，才有機會向大家公開帕芙洛娃蛋糕和杏桃派對其實都是他的作品。真的會有人相信他所說的嗎？

沾底的醬汁鍋像結了一層痂，垃圾桶也爆滿了，賽斯已經準備好要和它們奮戰，但蒂芬妮之前說的話卻又爬回他的腦中徘徊不去。

「你永遠也離不開這個地方。我每次回家的時候，你都還是會站在那個最適合你的角落，兩隻手深陷在削下來的馬鈴薯皮裡。你知道這是事實。你永遠都比不上你爸爸。」

他捲起雙手袖子轉向那座可怕的碗盤堆，舉起第一只醬汁鍋，把它浸入肥皂水中。真實的人生跟他的夢想差了十萬八千里。這樣他怎麼可能成為像他父親那樣偉大的廚師呢？那種事永遠都不會發生。他永遠也無法向蒂芬妮證明——或任何人證明——他不只是一個很會洗碗的小弟而已。

他再次拿起鍋盤浸入水中，然後停下來，低著頭，極度消沉地發著牢騷。

「要讓這件事成真的唯一方法，就是由我去實現它。」他說。這是對他自己說的。整個廚房空蕩蕩，連夜影也不在附近，沒有人會來監督他到底在做什麼。

他伸手到長袍裡，摸出之前藏在裡面的小黑書，赫然發現它這時變得非常溫暖，以至於他的手一碰到書的那瞬間就烘乾了。

「如果我想離開這個地方，唯一的途徑就是練習再練習，讓自己成為一個像爸爸那樣厲害的廚師，而不是把時間都花在洗碗上面！」他翻閱著小黑書的書頁，這絕對是有史以來最令人興奮、最令人難以抗拒的食譜書。

賽斯可以感到一股刺激感在胸口翻騰著，這本書真的包含了許多令人難以想像的創意！

由栗子填餡的天鵝肉。好吧，他可不想在匆忙之中敷衍了事。

不過這裡確實有另一份他可以試做看看的食譜，可以讓他暫時不去糾結那道上鎖的門後到底發生了什麼事。他們要花多久時間才會從主菜吃到甜點呢？賽斯又看了一次時鐘。至少還有一個小時的空檔需要打發，但他已經緊張得坐立不安了，料理應該能讓他轉移注意力。

而那堆待洗的鍋盤就要繼續堆到明天早上了。

他把書立起來，斜靠著，開始著手烹調。

11. 他吃的某樣東西

客人們已經把自己關在餐廳裡兩個小時了，賽斯決定偷偷溜到隔壁那間狹小的書房偷聽，看能不能發現些什麼消息。但他還沒來得及開始聽，餐廳裡便傳來一陣非常可怕的撞擊聲。他緊覺地從牆邊退開。發生了什麼事？聽起來像是椅子翻倒在地。

賽斯聽到餐廳的門被猛然撞開。他衝進接待大廳，看到邦恩先生已經搶先趕到其他人附近。表情茫然的邦恩先生像隻無頭蒼蠅似地亂竄、張望，慌張揮舞著雙手。

「來人啊！」他大喊。「快來幫忙！」他叫得更大聲了，抓扯著頭髮到處想要找到人。

賽斯不曉得該怎麼做，便從門旁偷偷往裡頭望。到底發生了什麼大事？

每個人都跪在地上，圍繞在某個東西旁邊。

諾麗・邦恩、亨利和蒂芬妮從賽斯身旁跑過。尖耳朵的戴林德・鄧斯特—鄧斯特伯正揮舞著某個物體，是本來盛裝杏桃甜點的高腳盤。

此時眾人讓了開來，賽斯剛好可以看到他們中間圍繞著的，其實是泰洛迷斯博士嬌小的身軀。他雙手緊握住自己的喉嚨，整張臉轉成了紫紅色，身不由己地晃動，掙扎著要呼吸。

派博靈教授衝上前去，猛力拍打他的背。泰洛迷斯博士的四肢在空中一陣抽動，然後整個人倒在地毯上，癱軟成一團。此時有人發出淒慘的叫聲，賽斯覺得那應該是馬爾德伯爵。

周圍響起各種迷惑的呼號，「他噎到了嗎？」、「都是因為他吃的某樣東西！」、「一定有什麼我們能做的事！」

一會之後，還跪在泰洛迷斯博士身旁的派博靈沉重地搖了搖頭。「現在求助於誰都太晚了，我想我們已經沒辦法再多做什麼了。」

「不──」馬爾德伯爵哀號。「怎麼可能！」

「很抱歉，不過泰洛迷斯博士已經死了。」派博靈宣布。「而且看起來是中毒而亡。」

倒抽氣的聲音在房間內傳遞響起，彷彿陣陣竊竊私語。賽斯感覺自己的內心被完全掏空。

翠鳥大聲宣布自己將從現在開始負責一切事宜，但歇斯底里的喧囂淹沒了他的聲音。

「葛蘿莉亞，親愛的，別看。我帶妳離開這裡吧。」派博靈教授拉過葛蘿莉亞，敦促她離開房間，並試圖遮住她的眼睛。「我不要妳看到這種場面。」

鄧斯特—鄧斯特伯在空中揮舞著長腳盤，幾乎要砸中安卓莉的鼻子。「是甜點，」他大喊著。「他吃了這份甜點之後就死了。殺死他的是甜點。」

「甜點上的標籤明顯指名是要獻給泰洛迷斯博士享用。」派博靈教授尖著聲音顫抖地說。她丟下這麼一句話後，便和葛蘿莉亞從螺旋梯上飛奔離開。

賽斯僵在原地，一動也不動。他注意到邦恩先生和蒂芬妮驚訝地互看了一眼，接著鄧斯特—鄧斯特伯便朝蒂芬妮的方向走去。她退了一步。男孩的體型比蒂芬妮矮上很多，但蒂芬妮還是緊戒地縮起了身體，看著他越來越靠近，直走到她臉前揮舞著那只玻璃甜點盤。

這一刻，似乎所有人都從本來的位置移開。賽斯此時可以看到那座由泰洛迷斯博士毫無動靜的身體推疊成的小山丘，他的手裡仍抓著一根長柄銀湯匙，雙眼圓睜、嘴巴大開。賽斯想要轉身離開，但他的眼睛似乎已經固定在這可怕的場面上了。

眼前貨真價實的驚懼景象壓倒了四周的騷動和喧囂吵鬧，一瞬間，他耳朵裡只聽得見自己的血管砰砰撞擊輸送的聲音，眼中只看得見地板上泰洛迷斯博士毫無生氣的軀體，那如惡夢般的景象。他的鼻子突然捕捉到一絲微弱的氣味，像苦杏仁。這可怪了。

「我來處理這件事。」有個聲音說。賽斯覺得應該是再次試圖掌控局面的翠鳥。

「蒂芬妮．邦恩，我們聽說這是妳的作品。那道甜點！妳在裡面加了什麼東西？」他厲聲道。

雙眼因恐懼而瞪大的蒂芬妮環顧著四周，接著便開始往角落退縮。她的父親保護性地一手環抱住她的肩膀。

馬爾德伯爵雙手緊箍著自己的頭，撕扯出一聲巨大的哀號。「我的朋友啊，我的朋友死了。」他左右甩動著自己巨大的頭顱，開始朝蒂芬妮的方向前進。她現在已經瑟縮在最遠的那個角落裡了。「妳為什麼要這麼做？」

蒂芬妮整個人縮到牆上，臉色刷白一片，兩眼又大又驚恐。

接著她似乎又重新找回自信，便抖落她父親的手。「這件事跟我一點關係也沒有！」她大聲宣布，同時挺起身體，瞪著眼睛掃視整個房間。最後她的動作停了下來，雙眼定在賽斯身上。此時的賽斯正猶豫地站在餐廳門外，僵在原本的位置，還無法消化剛才所發生的事。

蒂芬妮的臉色突然變得凶狠起來，動作迅速地向前走去。她先是推開安卓莉，然後擠開了仍高舉著玻璃容器不停揮動的鄧斯特—鄧斯特伯。她義無反顧地往前邁進。

每個人都讓出路來讓她通過。

賽斯感覺到她抓住自己的衣領，接著他就跌跌撞撞地被推到眾人面前。

他面對著許多雙震驚、指責的眼睛。蒂芬妮手勁強大地從後方拽住了他的長袍，他無處可逃、無處可躲。

「那道甜點跟我一點關係也沒有。」她對大家宣布：「都是賽斯做的，該負責的人是他。」

一陣竊竊私語在屋內傳開，迅速蔓延。

「別看我，那才不是我做的。如果這裡有任何人能下毒的話，就是賽斯！」蒂芬妮這樣聲稱，她的聲音充滿自信。

賽斯看到翠鳥朝自己靠近，滿臉慍色。

在賽斯來得及意識到發生什麼事之前，他就被拖出餐廳，然後從身後推進掃帚用具櫃裡。他感覺自己陷入黑暗之中，而且櫃門被鎖上了。

第二部

12. 搜索致命毒藥

賽斯在狹小的黑暗空間裡摸索著，同伴只有一根磨損老舊的拖把、一只水桶和一箱覆滿灰塵的工具。他翻過水桶當成凳子，一屁股坐下去，將手指插進滿頭亂髮之中。剛才發生的事情著實讓他難以接受，他實在無法相信那位善良的泰洛迷斯博士竟然死了。

而且似乎每個人都認為這件事跟他做的那份杏桃甜點有關。但是，怎麼可能呢？他顫抖著往後退縮。

不過才幾個小時前，他還很確信今天將會是他的幸運日，相信這是他扭轉與蒂芬妮地位關係，並改變自己命運的機會。但是相反地，亨利之前看到那隻螢火蟲時所說的可怕預言卻成真了，最後良機旅店裡發生了謀殺事件。

「那麼，現在，」上鎖櫃門的外邊傳來一陣帶著嘶聲的細語。「方案一，我猜你就只能坐在裡面，默默祈禱問題會隨著事件進展得到解決，然後其他人會發現你根本是無辜的。」

賽斯朝門靠過去。有人要來放他出去了嗎？而且，現在用這個低沉、如打呼嚕的貓般嗓音說話的人是誰？

「那個負責保全的小夥子把所有人都叫到旅館的交誼廳去做筆錄了，這表示，現在是你去搜索每個人房間的最好時機。」那個女性嗓音說。她的口音很陌生，輕輕軟軟。「你必須找出到底是誰要為這件事負責，否則最後受指責的人就會是你。勇敢一點，賽斯，快去吧。」

賽斯感覺自己好微不足道、滿心恐懼，而且完全說不上有什麼勇氣。「我會被抓到的，到時候情況會變得更糟。」

「他們現在正坐在交誼廳裡互瞪，連對方的鬍鬚是不是真的都會懷疑。但這狀態不會一直持續下去，你要行動得趁現在。」

不過賽斯還是沒動作。

「這不是你第一次和拖把、水桶關在一起了，對吧？過去幾年你都夢想著要逃離這個地方，也許監獄沒想像中那麼糟，不過我想你多少會想念這裡的花園。好吧，如果這樣的話，我也只能先跟你道別啦。」那個聲音繼續說著，現在的語氣似乎比較緊急一些。「或者……你可以回想一下那只工具箱……」

這個聲音的主人怎麼知道賽斯被關進這個掃除用具櫃裡很多次了？

賽斯又坐了一會兒，接著就開始四處摸索，尋找起某樣東西。工具箱就在它一直以來所在的地方，賽斯在黑暗中摸出螺絲起子，然後用它卸下鉸鏈門片。他很容易就拆下來了。

「你是誰？」賽斯問。他進到空無一人的大廳裡，燈光柔和閃爍，他四下張望。他感覺有東西從自己腳邊擦過，但低頭一看發現只是夜影。她縱身跳到一尊雕刻人像上，那是亨利耗費所有空閒時間刻出來的成品。

「我討厭這些玩意兒。」夜影對著雕像揮著爪子時，又響起那個嘶嘶的聲音。

賽斯瞪著那隻貓：「夜影……剛才應該不是妳在說話吧？」

「事實看來如此，但是別要我解釋為什麼。」

「等一下，我的意思是……」他用力搖了搖頭。不可能真的有這種事。

「跟你說實話吧，賽斯。」她用呼嚕呼嚕的聲音說：「我一直都覺得自己能夠說話，只是從來沒有原因讓我這麼做，直到現在你需要我的幫助。」夜影早他一步飛奔上樓梯。「你現在可是身陷麻煩之中，我們得趕快行動。萬能鑰匙呀，賽斯！」

「夜影，我們現在到底要幹嘛？」

「喔我的鬍鬚啊，賽斯，連這都要我告訴你嗎？有人把毒藥帶到這間旅館裡，我們得在他們有機會消滅證據之前找到毒藥。」

若是在別的日子，他至少會停下來一會兒，想辦法釐清貓能夠講話到底是怎麼回事。但現在的他已經被今天發生的其他事情搞得暈頭轉向了，腦中不斷想像旁邊會隨時伸出一隻手來攫住他肩膀，用震怒的聲音命令他解釋為什麼自己沒有被好好地鎖在櫃子裡。如果他真的打算偷溜去搜查藏在房間裡的毒藥，那動作就得快點才行。

他設法邁開自己嚇壞了的雙腿，從旅館交誼廳前溜過。他聽到緊閉的廳門後面傳來許多激動爭論的聲音。他迅速潛入接待櫃檯下方拿走萬能鑰匙，並跟在夜影身後，隨著她長著肉球的手掌一起爬上樓梯。他的呼吸變得又短又急，害怕自己隨時將被攔下。

「但我要怎麼分辨哪樣東西才是毒藥？」賽斯無助地問。

「用你的鼻子呀。你想想，剛才你人就在餐廳的事發現場，我打賭你一定聞到了毒藥的味道。」

賽斯強迫自己回想起餐廳的情景，並專注在自己的嗅覺，努力不去想泰洛迷斯博士在劇烈痛苦中扭動的樣子。沒錯，他當時的確聞到了某種味道。

「有個東西，聞起來甘苦參半，像是苦杏仁。」

那就是他要找的毒藥嗎？一定是，因為他從來沒在旅店裡聞到這種氣味。夜影站在第一間房的門旁，賽斯打開門鎖，還是不敢相信他竟然聽從自己養的貓的建議。

「這是派博靈教授的房間。」夜影滑過他腳邊。「那個叫戴林德的人提到泰洛迷斯博士在這裡的時候，她看起來很不高興。讓我們看看她在這裡藏了什麼。」

賽斯直接走到一只有著粗重皮帶的時髦黑色皮箱旁，箱子大剌剌地攤放在桌上，裡頭裝了許多瓶子。賽斯不敢相信自己竟然這麼走運。箱子裡放著兩排精緻複雜的小玻璃瓶，總共八罐，非常適合用來把毒藥帶進旅館。

每罐瓶身上都有標籤：百靈頌、烏鶇警報、知更啼鳴和藍山雀的名稱。這是什麼意思？賽斯小心翼翼地把鼻子湊到瓶子上，但什麼也沒聞到。

「我得把瓶塞拔起來。」

「動作快點。」緊跟在他身後的夜影說。賽斯抓住其中一只瓶子，拔掉瓶塞。霎時間，房裡立刻充滿了震耳的鳥鳴，聲音大得像是他觸發了警報，彷彿有一大群鳥正和他一起待在這間房裡。他把瓶塞推回去，聲音立刻停止了。賽斯感覺自己終於又開始呼吸。他迅速朝身後瞥去一眼，等待著樓梯上是否出現腳步聲，也許剛才的聲音會引來誰的注意。

「賽斯，你就不能小聲點嗎？」

他們同時定住不動了一會兒。賽斯確定自己聽到樓下發出木板吱嘎的聲音，他的心跳突然漏了一拍。

「也許我該直接出去看看……」夜影說完便溜出門外。一會之後她又轉了回來，告訴賽斯一切平安無事，所有人都還在交誼廳裡。

「但我們還是得繼續完成該做的事。說真的，我記得你以前的動作快多了。」她低聲吼道。

「非常好，我的貓在五分鐘前才告訴我她其實一直都能說話，然後現在已經開始罵我了。」

但賽斯把這些話都吞了回去。此時的他心臟砰砰狂跳，緊張地左右張望，緩慢、謹慎地走入葛蘿莉亞．鱒豆在隔壁的房間。牆上掛著一幅肖像畫，畫中的女人有張長臉，眼神嚴苛，看起來像很樂意立刻放聲尖叫，告訴大家他人就在這裡。

夜影跳上床坐著，開始悠哉地舔著她的前爪。

「夜影，」賽斯心裡升起一股火。「拜託請妳不要坐在床上。妳很清楚自己根本不應該靠近客房區域，要是讓諾麗在這裡發現一根貓毛我就死定了。」

他一說完，貓馬上跳下床。

「不然這樣吧，賽斯，我去負責把風。」她再次溜出門外，而賽斯則開始檢查某雙外表詭異的靴子。這雙鞋的靴底非常厚，跟普通的靴子不太一樣。他拿起靴子，把它們轉了一圈。

「這些人到底是誰？」他喃喃自語。「怎麼每個人都有些奇怪的玩意？」

他的身體蹲得很低，鼻子告訴他這間房裡有股特別的味道，聞起來像……也許是梨子，但又不太一樣。

他依靠鼻子的嗅覺，讓味道將他帶到床前。他把手伸進床墊和枕頭底下一陣摸索。他是對的，這裡的確藏著某樣東西。他拉出一只紙袋，滿懷希望地將它打開。

他發現自己正瞪著一堆梨子糖。很多很多的梨子糖。

他的希望垂頭喪氣。

外頭傳來一陣木板吱呀，還有爪子抓門的微弱警告。賽斯屏住呼吸，豎起耳朵仔細聆聽。

如果旅館交誼廳的訊問已經結束，那麼隨時都會有人發現他其實沒好好待在上鎖的櫥櫃裡。他得馬上回到樓下才行。

「我根本就不該聽妳的建議嘛，夜影。」他喃喃自語。

現在他所能做的就是保持安靜，並希望鱒豆小姐沒有要回房的意思。

微弱的抓門聲再次響起，他希望這就是夜影用來告訴他可以安全行動的訊號，因為他立刻就溜出了房門。

他們快速下樓。領在前方探路的夜影在半途突然停住，讓賽斯差點跌到她身上。他隨後發現夜影為什麼要停下來的原因：樓下的大廳裡有人。

他在原地等待，呼吸沉重，肩膀旁邊是一幅老虎的肖像畫，牠看起來就像是要伸出爪子扯下他的左耳。他穩住自己、做好準備，打算只要樓下沒人便隨即往下飛奔，如果有機會的話就躲進櫥櫃裡，如果真被發現了就逃回樓上。

他聽到許多人的聲音，全站在本來應該關住他的掃除用具櫃外面。此刻只要任何一個人打開櫃子，就能發現賽斯其實不在裡面。

賽斯的心臟用力撞擊著胸口，撞到都疼了。他根本不應該這麼做，跑到樓上實在太蠢了，現在的他根本沒辦法偷溜回櫃子裡，掩蓋自己其實已經脫逃的事實。

當你決定聽從一隻會說話的貓所給的建議，這就是你的下場。

他完全走投無路。

13. 電影明星髮型登場

「明理一點，翠鳥——我真不敢相信你竟然這麼頑固。」一個女孩的聲音說，而且聲調逐漸上揚。

「我負責這裡所有的保全事務，安卓莉。」翠鳥的聲音這麼回答。他正在下方的接待大廳裡來回踱步。他抖了抖肩膀，撫平身上的西裝。「請妳記住這點。」

但在短暫停頓之後，安卓莉．絲奎又補了幾句話。她的語氣讓賽斯覺得，這個人應該很習慣告訴其他人要怎麼做事。「但你有按照基本程序進行嗎？你封鎖所有的出入口和連絡管道了嗎？」

翠鳥突然發火：「那有什麼用？我幫每個人都做了筆錄，除了那份甜點之外所有人吃的食物都一樣，所謂的案情根本一目了然。」賽斯聽到翻動紙張的聲音。「『他祕密做了一份甜點，地點就在冰櫃後方的小房間裡，好避開所有人的耳目。』」翠鳥聽起來像在大聲讀著筆記。「『他到了上餐時間前的最後一刻才動手做甜點，而且成品上也標明了專為泰洛迷斯博士準備。甜點就放置在博士座位正後方，以確保能降低其他人誤食的風險。甜點一就定位，餐廳門便立刻上鎖。』」

賽斯聽著，心裡緩慢爬進一股恐懼。

他說的是真的，事情發生的經過確實如此。

甜點是最後一道進入餐廳的料理——在那之後門就上鎖了。爾後，從門鎖被打開的那一刻起，餐廳裡就擠滿了人。這樣的話，甜點到底是何時被下毒的呢？

想當然爾，應該沒有人會冒巨大的風險，在整屋子人的注視下幫泰洛迷斯博士的甜點加料，對吧？就算願意冒險，他們是用了什麼方法才不會被發現呢？

這種情況怎麼想都覺得機率太低，但如果不是如此，毒藥怎麼會落入裝甜點的高腳盤裡？

「『廚房小弟是謀殺兇手』是唯一各方面都說得通的假設。」翠鳥流暢地說著。「除非有人真的那麼肆無忌憚，竟然敢當著所有人的面在那份甜點裡添加東西，而且又有辦法避開任何人注意，不露一點馬腳？拜託，真有可能嗎？要不，妳來舉出其他可能性，請告訴我毒藥是怎麼進到那份甜點裡。妳回答得出來，我就改為逮捕妳認為的兇手。」

即使受到眾人懷疑並被關進掃除用具櫃，賽斯也還懷抱著一絲希望，希冀其他人最終會發現他其實跟泰洛迷斯博士發生的事一點關係也沒有。但在聽了他們的對話後，他發現自己已漸漸沒入寒意之中。

其他人根本不可能做到這件事。

兇手到底是用了什麼方法，竟然能對那道甜點盤下毒？

更糟的是，除非他有辦法解開這個難題，否則賽斯自己非常可能在今天晚上結束前就得坐進警車裡，來一場極不舒服的長途旅行。而且在那之後還有一生牢獄等著他。他到底該怎麼解決這件事？

「好吧，情況似乎很明確了。」安卓莉說，但語氣裡仍是滿滿的好奇和懷疑。「不過，雖然我在那份甜點前面坐了整個晚上，完全沒看到有人靠近過那張桌子，但我還是要告訴你，這並不是最正確的答案。我們現在遇上的可是真正的神祕事件，別忘了我們正在和怎樣的人打交道。」

賽斯現在既困惑，又擔心自己的未來到要抓狂的地步，以至於當他聽到她接下來所說的話時，他覺得自己一定聽錯了。

「現在的狀況是巫師上將遭到謀殺。稍微想一下吧，格高利昂，想像一下如果你錯了，這麼做等於放走了其他所有嫌疑犯。」

巫師？賽斯的腦袋再次打結。她說這句話是什麼意思？

「我從一開始就知道那個叫賽皮的傢伙是個壞胚子，我有辦法讓他坦白。」翠鳥接著說道，嗓音宛如冰冷的鋼。「迅速解決這個案子之後，我今天晚上就可以讓所有人離開這個地方。」

一陣絲綢摩擦的聲響，接著安卓莉．絲奎便走進賽斯的視線之中。她身穿黑色晚禮服和紅色披肩，拄著一根有著銀製杖端的紅漆長手杖。她舉起手杖指著翠鳥的胸口。

「照規矩來。立刻請魔警隊派人來這裡，你很清楚你必須這麼做。」

賽斯動也不動地豎起耳朵仔細聆聽，一旁的夜影也焦急地想知道更多資訊。

「不要插手。」翠鳥拖著語調說著。

安卓莉把黑色長髮甩至肩後，並用手杖的頂端戳了戳翠鳥。「這片土地上最重要的巫師受到謀殺身亡，而你真的打算一個人擔下整個案情的調查嗎，格高利昂？」

翠鳥用手指反覆捻著自己的小鬍子。「如果最後魔警隊因為覺得我浪費他們時間而大發雷霆，安卓莉，那我會把責任都推到妳身上。讓我重申我的想法，這是一件簡單到不能再簡單的案子。」

突然出現的沉重腳步聲嚇了賽斯一跳。翠鳥走開了。賽斯再次將身體緊貼住螺旋梯中央的牆面。

「那我就更應該確保你在封鎖通訊管道之前，便已經澈底了解每個人的背景。因為他們一定會問你這些問題。」安卓莉大喊。「請你照著規矩來！」

賽斯非常專注地聽著，不敢立刻就放鬆呼吸。他的心臟狂跳，等著樓下響起另一個人的腳步聲。他現在最需要的是一個短暫空檔，讓他能夠回到掃除用具櫃裡，如此而已。

但接下來他就沒聽到更多腳步聲了，只有安卓莉的裙襬沙沙摩擦的聲響。她在那裡做什麼呢？安卓莉此時已經飄至賽斯的視線範圍外。賽斯聽著，覺得自己聽到一陣靜電般的劈啪作響。

他大膽地走下一小段階梯。

她正站在賽斯最愛的畫作前面。那是幅彩色的貓頭鷹畫像，生動到賽斯覺得牠會在夜晚時分活過來，振翅飛走。安卓莉正用手指摸著畫框的邊緣，長而靈巧的手指有條不紊地繞過整張畫。

接著她往後退了一步，將手杖高舉過頭。賽斯以為她就要用力砸向那幅畫。

他向前走去，順著直覺想要保護畫作，但根本來不及從她手上搶過手杖，只能眼睜睜地看著手杖的頂端猛然裂開，射出一道顏色如賽斯的長袍那樣鮮豔的藍光。藍寶石色的火花在畫的邊緣緩慢爬行、徘徊了一會，最終看起來像融化似地消失不見。

賽斯站在樓梯最底端，呼吸急促而沉重。剛才發生了什麼事？

頭也沒回的安卓莉．絲奎說：「好了，小男孩，翠鳥已經走了。如果你一直躲在旁邊監視我，並覺得自己似乎看到了什麼的話——我強烈建議你最好忘了那些東西。除非你想要我也和其他人一樣，加入贊成讓你戴上手銬的行列。」

14. 搭上線

賽斯吞了一口口水，走下樓梯，進入接待大廳。「不，不是的，我並不是在監視妳，而且我也沒有殺泰洛迷斯博士。」他迅速補充道。「如果妳能幫上任何忙，我會非常感謝。」

她在一本小筆記本上寫了某些內容。筆記本的封面裹著磨亮的紅色皮革。

雖然安卓莉的外表充滿魅力，並且畫了妝又塗上指甲油，但還是讓賽斯突然意識到，她的年紀應該只比自己大一點點而已。

叫他『小男孩』算是有點過分了。

「我需要快速調查一下這裡。他們還會乖乖地在旅館交誼廳裡再待上十分鐘，而我有些疑問，也許你能幫上忙。」

她描述其他人的方式有點怪，讓賽斯忍不住問：「妳把他們鎖在裡面了嗎？」他轉身，以為自己會聽到交誼廳的門後傳來吼叫和拍打的聲音，但只看到正偷偷溜走的夜影。

「不是的，我想那樣應該會激怒他們。」安卓莉皺起了鼻子。「所以我改為在門上設置迷惑魔法，如果他們摸到門，會忘記自己一開始為什麼想要離開。」

「呃，」賽斯一口氣嚥下去，覺得滿頭霧水。「我覺得對門施展迷惑魔法這個方法……挺好的。」

他看著她用雙手滑過另一幅畫的邊框，畫中的兩匹馬看起來就像牠們寧可待在別的地方。

「妳稱呼泰洛迷斯博士為巫師上將。妳所說的『巫師』確切來說是什麼意思？」他有些遲疑地問。

「他是我們管理機構『艾樂舍』的負責人。是的，他負責治理魔法社會——在他還活著的時候是這樣。」她忍住情緒，臉上五官皺成一團，但只有一下下，接著便將頭髮再次甩到肩後。「他曾經以魔法方面的創新發明而廣為人知，但幾年前就關閉了他的個人工作室，選擇將餘生奉獻給魔法世界的居民，為我們服務。他就是這樣的人，總是將魔法社會擺在第一位，始終如此。永遠都在推廣要讓魔法成為善的力量。」

賽斯想起那位身材矮小的和藹老紳士，想起那頭白髮、圓滾滾的肚子，和他眼中閃爍的光芒。他看起來完全不像什麼頂級貴賓，更別提是魔法世界的首領。真要說的話，他比較像每個人都喜歡的老爺爺。

「而妳說的魔法社會是指？」

她對他投來不信任的表情。「我知道魔法世界不像以前那樣強盛，但你的意思是你從來沒聽說過艾樂舍嗎？」

「呃，」賽斯低聲喃喃說著，「我這輩子都只生活在這個地方。」說完便聳了聳肩。「這裡其實有點偏僻，很多事情我都沒聽過。」

其實賽斯一直以為魔法、女巫、毒蘋果或是那些會在晚上出來幫忙製作鞋子的小精靈都一樣，只會存在童話故事的世界裡。此時的他非常努力才沒脫口說出自己真正的想法。

安卓莉舉起長手杖指著狹窄的螺旋梯，表示希望賽斯陪她一起上樓。她走在前面，中途短暫停下腳步檢查那幅老虎畫像。

他跟在後頭，提醒自己必須專注完成唯一一項重要任務——說服所有人殺了泰洛迷斯博士的人不是他。安卓莉會願意幫他嗎？或者他根本不該相信她？她剛才到底用那把長手杖做了什麼？她走路時會把重心靠在手杖上，但賽斯並不相信這是她帶著手杖的原因。

「魔法人士的存在曾經是人們習以為常的事，那段時光真的已經過去這麼久了嗎？」安卓莉嘆息地說。他們兩人踏上客房樓層，站在階梯頂端的平臺上。「我們是治療師，是以前人們在遇到問題時的求助對象。在那段時光裡，所有人都視魔法為善的力量，是帶來快樂的魔法。」她甩開長髮。「好了，能不能告訴我有關這個地方的事？你在這裡住多久了？」

「我住了一輩子。」

「那你一定比任何人都要了解這個地方，或許你能解答我所有的疑惑。」她對他拉開充滿期待的笑容。

賽斯不認為自己能提供任何解答，事實上，連他自己都滿肚子疑問。

「邦恩夫婦是你的父母嗎？」她繼續問道，並檢查某只醜陋花瓶的後方。

「不是！我的母親在我很小的時候就過世了，我的父親曾經在這裡工作過，是一名主廚。」

「曾經？他現在人在哪？」

「什麼是魔警隊？」賽斯馬上也提出了自己的問題。

「魔警隊就是魔法警察隊……不然你以為是誰在調查魔法社會中的犯罪案件？」

「為什麼翠鳥先生那麼不願意打電話給他們？」

「有些人的確會用『可怕』來形容魔警隊。」她高舉手杖，輕輕敲著其中一面牆。

「我想，被來自魔法世界的人審問的確令人感到畏懼。」

「畏懼？他們要來這裡了嗎？」賽斯拔高了聲音。他開始想像所謂令人畏懼的魔法審問會是怎樣的過程，但馬上就意識到，自己也許很快就會知道答案了。「事情真的不是我做的。」

「我會試著別去擔心這件事。」

別擔心這件事？「世界上真的有魔法」是一則頗令人震驚的消息，但賽斯很快就接受了這個事實。同時他也接受了自己被指控為殺人兇手這件事，謀殺對象還是這個國家的巫師領袖。而現在他還可能得受到魔法警察審問——還有比這更糟的事情嗎？

安卓莉轉過身，用焦糖色的雙眼直盯著他，然後再次舉起了那根長杖。這次，她用手杖猛力敲擊了牆壁。

賽斯還來不及問她這麼做的用意，就聽到牆中傳來一陣回應似的低鳴。那陣嗡鳴起初低沉，像是即將到來的雷聲，其中一道牆面開始震動，接著平臺上的所有牆面都輕輕抖了起來。低沉的轟隆聲和震動不斷增強，石膏碎屑紛紛落在賽斯肩膀上，他看向四周，害怕整座旅館可能會崩塌在他們耳邊。

15. 兩道難題

牆壁轟然發出一聲像是雷擊的聲響，接著是低沉、轟隆隆、彷彿說話的聲音。就當賽斯覺得他們應該離開此地去避難時，一切又靜止下來。

「這到底是怎麼回事？」賽斯問，一邊撥掉肩膀上的石膏塵屑。

安卓莉只是皺了皺鼻子說：「牆壁在試圖告訴我們一些事情。你以前聽過這種聲音嗎？」

「這種像是牆壁在說話的可怕轟隆聲嗎？當然沒有，有的話我會記得。」

賽斯重新跟上安卓莉的腳步，腦袋裡一片混亂。他想起今天下午當泰洛迷斯博士碰到牆壁時的那一刻，那時他也聽到了某種聲音，彷彿牆壁嘆了口氣。這代表了什麼意思嗎？

「妳說被謀殺的那個人——泰洛迷斯博士——曾經是位魔法發明家。嗯……請問什麼是魔法發明家？」

「你的問題一直都這麼多嗎？」她朝他扔來一記鄙夷的表情，不耐煩地甩了甩自己的頭髮。「例如，你可能會擁有傳送門，能讓人藉由魔法輕鬆旅行，或是有通訊球——那是一種用魔法通訊的方式。」她看著他的表情像是在釐清他會不會笨到無法理解這些話的意思。「大多數巫師運用魔法的方式都滿普通。」安卓莉轉過頭望向他，然後又甩了一次那頭長髮。她肯定是看穿了賽斯臉上一片茫然的表情。「你知道的，就是想出咒語或者是製作藥水，好促使其他人去做那些他們本來沒有打算要做的事。」

出於某種原因，賽斯想到了那本黑色的書。那本書裡記載了各種物品，不只是食譜而已，還包括怪異的隨手筆記、圖片，和他搞不清楚是怎麼回事的構想。還有奇特的陌生物品，是他從來沒見過的東西，例如：其中某一頁上畫著一只盈滿光芒的迷你籠子。「這些發明出來的魔法物品有沒有可能像……像……」他因為試著理清自己的想法而結巴起來。「……像是螢火蟲之籠——」

他根本沒機會把那句話說完。

安卓莉已經猛然轉身朝他大步走來，紅色短披肩在空中飛揚。她彈開手杖的頂端，並將它像匕首似地抵住賽斯的脖子。

「你編造了一套說法，說你從來沒聽過任何關於魔法世界的事，但現在卻說出那種東西！」她突然發火，高舉著手臂，將手杖壓迫得更緊。

賽斯唯一的反應就是轉著眼睛，聚焦看著那把手杖頂端。雖然還能呼吸，但他連口水都不敢吞。

「你知道多少關於螢火蟲之籠的事？」安卓莉的目光炯炯。

「我……我……」他此時只顧得了那把壓在自己脖子上的手杖。「我……我想應該是之前聽其中一位客人提過，但我根本不知道那是什麼東西。」他閉上眼睛。

「你不知道什麼是螢火蟲之籠？賽斯，那是邪惡魔法中最危險的一種。如果你還聽得進建議，最好永遠別跟任何人提到這東西，」她對他噓了一聲。「尤其是當你把對於魔法一無所知當作辯護藉口時，更別這麼做。」安卓莉繼續用手杖抵住他喉頭幾秒鐘的時間，眼中閃著危險的光芒，接著就收回手杖，讓賽斯重新恢復呼吸。

「那不是藉口，」賽斯揉著自己的脖子，小聲地說。「我真的完全不懂魔法。所以它到底是什麼？」他猜應該跟棲息在森林裡那些發著光的美麗小蟲一點關係也沒有，因為她看起來真的很害怕。

一陣冷顫竄過安卓莉身上，她緊緊握住手杖的頂端。「你不會想要知道的。有時候魔法也會……」她停了下來，看起來像是找不到正確的形容詞。「……有些魔法可能會很可怕。」

就在幾分鐘前，知道魔法真的存在對賽斯來說還是一件驚人而奇妙的新發現，但現在他卻無法確定自己是否該這麼想了。

「如果翠鳥發現你到處閒晃的話，不管再多理由看起來都像狡辯。」安卓莉說，並用手杖指了指。「你應該需要有人幫忙才能回到那個櫃子裡。」

「我可以自己來。」賽斯說。

但她還是跟著他一起下樓。可喜可賀的是，這次整個大廳空蕩蕩。他爬進窄小的黑暗之中。就在幾個小時前，他還正為應付蒂芬妮卑鄙的詭計而感到生活艱苦不堪，但現在，他不只受到謀殺指控，對象還是這片土地上最重要的巫師。

他寧可待在這受蒂芬妮魔掌暗無天日的折磨，也不想在所有人都認為他謀害了泰洛迷斯博士的情況下離開。更何況，泰洛迷斯博士對待賽斯的態度完全是一片善意。

但他該怎麼做呢？目前的事態根本不是他所能掌控。

「順便問一下，是哪位客人提到了螢火蟲之籠？」安卓莉在把他重新關進黑暗中前這麼問道。

她試圖讓自己聽起來像隨口問問，但賽斯看得出來她真的很想知道答案。

「抱歉，我不記得了。」

「好吧，賽斯，如果你還想從這片爛攤子中脫困，我會建議你努力一點回想這個問題的答案。如果需要我給你任何建議：請查出誰能夠進到上鎖的餐廳裡對甜點下毒。那會是整個案子的關鍵，也是你如何自救的出路。」他聽到她嘆了口氣。「但現在我也有兩道難題要去面對。」

賽斯很想回說，他要面對的問題可比兩道多太多了。他完全不曉得她在打什麼主意，用那根危險的手杖到處戳來戳去，還讓牆壁震動成那樣。想當然，他一點也不信任這個人。

「好。」他不怎麼甘願地說：「有什麼我可以幫忙的嗎？」

「關於這點，賽斯，因為你一輩子都住在這裡，這讓我現在的立場有點尷尬。」

「那還真是抱歉。」他喃喃自語。

「會這麼說是因為，看起來你可能是唯一一個能幫上忙的人了，但與此同時，我還是必須同意翠鳥說的：賽斯，你無疑是最有可能殺死泰洛迷斯博士的兇手。」她說完這句話後便用力關上櫃門，賽斯又再次變得孤單一人。

16. 他還沒準備好

感覺起來只過了幾秒鐘，賽斯就聽到櫃子外傳來鑰匙在門鎖中刮動的摩擦聲。接著就看到安卓莉的臉湊上來，往黑暗的櫥櫃裡望。「我說過我會來接你。魔警隊派來的人到了，馬上就會開始對你進行審問。」

「這麼快？」賽斯一口氣倒抽上來，只能顧著點頭，卻無法止住自己的心像奶凍般不斷顫抖。

他硬拖著自己的腳跟了上去，試圖擺出一臉勇敢的表情來掩蓋內心的恐懼。他還沒準備好面對審問。他需要找到一套說詞去應對其他人對他謀殺泰洛迷斯博士的指控，任何說詞都好。

「拜託，」賽斯小小聲地說，他們走向與餐廳相連的那間迷你書房，此時正好抵達門前。「妳想得到任何可能會想殺害泰洛迷斯博士的人嗎？」

安卓莉握住門把，轉過身來，黑色的雙眼閃著精光。她的回答完全超出賽斯預期：

「嗯，我想，應該很多人吧。」

「很多人？」賽斯複誦了一次。那位可愛、矮小的老人？那位讓他聯想到耶誕老公公，還給了他一枚金幣的老人？「真的嗎？誰會這麼做？」

「身為艾樂舍領袖的他正在推行多項澈底改革，這為他樹立了許多敵人。」

「敵人？」這線生機來得有些出乎意料，賽斯試著別太過激動。「有特別指哪些人嗎？」很難想像那位個頭嬌小又親切的先生會有任何敵人。有沒有可能他的敵人之一現在就在這間旅館裡呢？

「紅纈草最近惹了很多麻煩。光是上星期，他就成了兩宗巫師死亡案件的可能兇嫌，同時他的追隨者也正不斷增加。賽斯，說實話就是了，我相信你會沒事的。」

安卓莉敲了敲門，並打開一條縫，讓房間裡的人知道賽斯已經到了。

她輕推開門，半掩著。她應該已經仔細評量過這個舉動，因為接下來她便毫無掩飾地把耳朵貼上門縫。賽斯也這麼做，聽著屋內的對話。裡頭有兩個聲音。

「既然你負責維護泰洛迷斯博士造訪此地期間的安全事宜，」賽斯聽到其中一個聲音說。「那麼你應該能幫忙釐清我最好奇的問題：到底有什麼事能讓他來到這間偏遠的旅店？」

「這是泰洛迷斯博士為艾樂舍所舉辦招募活動的一部分。」第二個聲音解釋道，賽斯立刻認出說話的是翠鳥。「這是遠景候選人的面試會，長官，目前最有希望正式加入艾樂舍的人選都在這裡。」

艾樂舍的招募活動？賽斯開始慢慢了解事情的脈絡。泰洛迷斯博士房中的名單上提到了遠景，所以這就是那場祕密宴會和奇怪流程背後的目的嗎？原來這些陌生的客人全都是為了這項原因才聚集到最後良機旅店。

他們都想要正式成為魔法世界的一分子，所以正在進行某種應徵流程，是這樣嗎？

「但這是謀殺事件，長官。幸運的是我們找到了一位嫌疑重大的嫌犯，我本來認為這並不需要麻煩您特地出馬。」翠鳥繼續說道。

「不麻煩。」

「是打雜小弟下的毒，簡單明瞭。」

「很高興聽到你這麼說。你打來時我和昂追亞・費斯特的網球賽正進行到決勝盤，這樣聽起來我可以回去接著完成比賽了。所以，這位打雜小弟在獻給艾樂舍首長的甜點裡偷偷加入致命劇毒，一切水落石出。我的認知有錯嗎？」

「完全正確。我已經證實了一項事實，他是唯一有機會在泰洛迷斯博士的食物中摻入毒藥的人，」翠鳥解釋。「因此兇手只有可能是他。讓我現在就去逮捕他吧，這樣您就能繼續完成比賽了。」翠鳥流利地說著。「不過您這樣離開球賽，不等於已經輸球了嗎？」

「我遇過比那更詭異的情況，而且現在發球權還在我手上。這是非常高超的犯案手法啊，水鳥先生，我應該在報告中提到這一點。除了他之外，其他人都不可能做到這件事，是嗎？這個案件真有趣。我想我們應該見一下這個打雜小弟，你說對吧？這位打雜小弟殺手。沒錯，我想會一會我們的犯罪大師。」

17. 我們會讓罪犯消失

旅店中最小房間的門打開了。翠鳥把賽斯拖進去，將他塞到其中一張椅子上。四張椅子圍繞著書桌擺放，籠罩在房內唯一一盞檯燈的昏暗燈光底下。

格高利昂．翠鳥在賽斯旁邊的椅子坐下，賽斯的視線迅速飄向站在書桌另一端陰影中的人身上。那是一名高大的男子，他的身形似乎讓這間書房感覺起來更小了。

這個人就是來審問他的。

賽斯感覺脖子後方有汗珠滑落。

在昏暗的光線下，他只依稀辨識得出那是名非常高大的男人，有著銀灰色頭髮和一張長臉。他臉上的小圓鏡框反射著檯燈發出的微光，讓人很難看清他的表情。

漫長的沉默在他們之間堆疊，令人極不自在。賽斯緊抓著他椅子的把手，高大的男人在桌上反覆敲著手指。

時間滴滴答答過去了，感覺起來有好幾分鐘，賽斯開始擔心他們會不會根本懶得問他任何問題。也許每個人都覺得他有罪，而魔警隊派來的這個男人根本不會給他任何解釋的機會。

接著敲擊著桌面的手指停止了。

「泰洛迷斯博士這趟造訪行程平凡得令人感到有趣，我想深入了解更多關於這次行程的細節。」他對著翠鳥說。「沒錯，除了謀殺事件以外的部分，實在再平凡也不過。除非我搞錯，不然我記得謀殺案應該不是遠景選拔會中排程項目之一吧？請問隨行的安全人員怎麼看待這件事呢——啊，那就是你對吧，水鳥先生？」

「我叫翠鳥，長官。格高利昂・翠鳥。」

「當然，當然。所以，那份甜點一離開廚房就直接送到餐廳了？」

「是的。當餐宴上的所有菜餚都就定位後，我便發出了開宴前五分鐘的通知，一切遵照正確程序。隨後我鎖上了餐廳的門。」

「並在五分鐘後把門打開？」高大的男人問。

「在那五分鐘內，任何人都無法進入餐廳。」翠鳥的立場堅定。「我們打開門鎖後，所有人便都入座等待開席。直到泰洛迷斯博士吃了那份甜點為止，安卓莉・絲奎都坐在甜點旁邊。我訊問了每個人，她非常確定沒有人能靠近那份甜點。」

「嗯，這樣看來，我相信這將我們的可能性限縮到了兩種，也許是三種。」男人傾過身，完全出乎意料地和賽斯握了握手。

「我是魔警隊的白鑞警探，專門為您解決各類魔法犯罪事件。想必你已經聽過許多關於我們的傳言了，我想澄清，絕大部分的傳聞都不是真的。」

「長官，我沒聽過。」賽斯勉強擠吱了一聲。他在褲子上抹抹發汗的手掌，努力壓下想要向這位魔法警探自稱為主要嫌犯的衝動。

翠鳥給了賽斯一臉得意洋洋的表情，賽斯可以感覺到自己的未來正悄悄溜走。他最終打起精神，努力面對即將來臨的審問。他的後頸一片刺痛。

白鑞慎重地咳了一聲，並清清喉嚨。賽斯在心中猜想，這就是了，一連串的審問就要開始了。

「你打網球嗎？」白鑞問。

賽斯緊張地搖搖頭，似乎連他的聲音都棄自己於不顧。他的注意力已經完全聚焦在白鑞是魔法警察這件事上，想著他一定會用各種不尋常的痛苦手段來挖掘事實的真相。

「非常明智的選擇。」白鑞點點頭。「這種運動非常荒唐，但某種程度上又會讓人上癮。」他發出一聲長嘆。「你會以為自己已經進步了，但卻又——」

「甜點送進餐廳裡時並沒有毒。」賽斯說。他說得很快，但脫口而出的聲音卻成了一串小小聲的悄悄話。「他對我很好，我沒有理由殺害他。」

「真的是這樣嗎？」白鑞緩緩地將上半身靠在桌子上，讓雙眼放到與賽斯平視的高度。「以一個惹出這麼大麻煩的人而言，你還挺安靜的嘛。剛才當你說『長官，我沒聽過』時，你是指沒聽過魔警隊，或者只是沒聽過那些傳聞？」

「呃，都沒聽過，長官。」

「很好，很好。那麼這就要將我導向最重要的那個問題了——」他抬起頭來打量了賽斯一番，頭頂幾乎就要刮過天花板。「你覺得我能不能來杯茶呢？」他看向翠鳥。「還有，你請我們這位犯罪大師喝過茶了嗎？」

「呃……」翠鳥顫抖地說。

白鑞在衣服的內袋裡一陣翻找，隨即賽斯便接到他伸過桌面遞來的白色小卡片。賽斯看著小卡上那行繞成一個圓圈的字：「魔警隊——為您解決所有魔法犯罪事件」。除了字之外，旁邊還畫了白鑞的臉，看起來就像某位將要宣布可怕懲罰的校長。

「我們以前有句口號叫做『我們能讓犯罪事件消失』，你聽過嗎？當時這句話挺有名的。」

「我——我應該沒聽過，長官。」

「沒關係，反正那句口號本來就很糟糕。我的意思是，沒有人可以讓犯罪事件消失。不過我們會讓罪犯消失，雖然不常這麼做就是了。」他拉開一臉笑容。「然後我們也會把他們再帶回來——」笑容再次消失，「大部分啦。」

賽斯注意到「解決」這兩個字後面加了一個小小的星號，而卡片下方用非常小的字體寫著「＊通常可以」。

「這是什麼意思，通常可以？」賽斯皺眉看著卡片問道。「通常可以解決？」

「噢，那個不重要。」白鑞說著便把卡片收回去，塞進外套內袋裡，露出內襯上一整排尺寸迷你的瓶子。「那只是在狼人和鋼琴家那場意外之後，法務部的人員建議我們加上的字眼。如果你問我的話，我認為那名狼人的遭遇並沒有人們說的那麼糟糕。」

門外傳來一陣輕敲，安卓莉沒等待回應便走了進來。「我是安卓莉．絲奎，」她說。「泰洛迷斯博士的個人助理，負責記錄選拔過程。我想，也許有我能幫得上忙的地方？」她在桌邊其中一個位子坐下。

「來得正好，絲奎小姐，我們正在討論到底是什麼原因促使巫師上將本人來到這間最後良機旅店。我想妳應該會告訴我們，泰洛迷斯親自跋涉至此是為了會見這些極為優秀的候選人，因為他殷切地想邀請這些人進入魔法世界？因為他們可能擁有強大的魔法？」

安卓莉勾住長髮裡那股紅色髮束，將它纏繞在手指上把玩。「並不完全如此。」

「並不完全如此。我了解了。」

賽斯用手指緊扣住椅子扶手，努力不陷入恐慌。他正等著誰來向他說明自己到底是不是被逮捕了。房間很小，又擠了他們四個，意味著所有人幾乎都是鼻子碰鼻子，而且房內的溫度正在急遽升高。要是不快點離開這裡，他覺得自己應該會昏倒，或是因為意識不清而開始說出不該說的話。

一道清新的氣流吹進房裡，其中帶著旅館招牌魚頭鮮湯的氣味，引得他不禁抬頭。原來白鑞打開了房門，而且也正翹高鼻子聞著味道。「這股鮮甜的香味是什麼？」

「是湯，長官。」賽斯回答。提到與烹飪有關的事總是能讓他自信滿滿。

「湯嗎？太好了。我剛才經歷了人生中最激烈的一場網球賽，不知道其他人怎樣，但我提議我們移到寬敞一些的地方如何？然後，如果可以的話，也許能讓我們這位身兼廚師的謀殺嫌疑犯發揮長才，帶我們去喝湯。」

賽斯感覺有隻手落到他的肩上，他立刻起身。他很清楚，自己隨時都能帶著感激的心情將這令人窒息的房間拋在腦後。他抬頭看著白鑞，男人嚴肅的臉居高臨下壓迫著他。

「除非，你還有其他事想跟我說，年輕的小賽斯？」

隨著白鑞的臉越靠越近，賽斯聞到一股清新的薄荷味。

「你該不會要提醒我別去喝那鍋湯吧？」白鑞低沉的聲音說。

「不、不是的，長官，完全沒這回事。湯非常好喝，是我父親的食譜。」

「你確定你沒在湯裡下毒？就像你在那份杏桃甜點裡也下了毒一樣？」

賽斯吞了一口口水，然後堅定地搖了搖頭。「先生，我沒在任何東西裡下毒。」

正當賽斯心懷恐懼地看著這位警探的臉，他突然覺得自己看到白鑞的眼角出現了幾道皺紋，彷彿白鑞的臉馬上就要露出惡作劇鬼臉般的笑容。

但賽斯覺得那應該只是他自己的想像而已。他終於鬆了口氣，感激地爬下椅子，帶領所有人前往廚房找湯喝。

18. 深陷麻煩

一會兒後，賽斯在廚房裡將碗推至白鑞警探面前，結巴地向他保證這份湯品絕對安全可食。他告訴警探，餐宴上很多賓客都喝了湯，且都未出現不適的症狀。此時鄧斯特—鄧斯特伯匆匆跑了進來，先是一臉驚奇地直盯著賽斯，接著便倉促地走向安卓莉和翠鳥。

「所以，現在的狀況如何？」鄧斯特—鄧斯特伯一邊咕噥，一邊從口袋裡拿出一疊卡片，並開始洗牌。「我的意思是，這情況挺麻煩的，對吧？現在泰洛迷斯博士也沒辦法親自說明——所以我們都通過了嗎，我們能加入艾樂舍了嗎？我們接下來該怎麼做？」

鄧斯特—鄧斯特伯邊說邊朝賽斯丟來好幾記偷瞄的視線。平常旅店裡的人要不是當賽斯不存在，就是對他呼來喚去，現在成了眾人注意的焦點，賽斯感覺實在非常奇怪。

他走到最陰暗、最遠那個角落，在椅子上坐了下來。

安卓莉起身，眼神畫過她的長鼻子往下灑落。「泰洛迷斯博士死了，受到謀殺，我想大家的心力一定都集中到這件事情上了。」

白鑞警探走過去熱情地握住鄧斯特—鄧斯特伯的手。「偉大的甘道福迪尼，你在舞臺上製造的幻象實在太驚人了。我記得你從八歲就開始表演了，對吧？我是魔警隊的白鑞警探，我想你一定聽過我們。話說回來，我們現在面對的是一樁極為狡猾的犯罪案件，沒人看得出做案手法，所以就把事情怪罪到這位看起來賊頭賊腦的打雜小弟身上。但這是一樁不可能發生的犯罪事件，是極為迷人的密室謎題，看起來是你最擅長的事了，我想你一定知道怎麼做到這些，對吧？」白鑞抬起了一邊銀色的眉毛。

鄧斯特—鄧斯特伯本來還一臉榮幸，接著表情就變了。他用兩隻手摀著自己胸口，彷彿受傷似地說：「您該不會認為我跟這件案子有關吧？我哪有殺害他的理由呢？他終於要授予我在艾樂舍中應得的地位了呀。」

安卓莉的聲音冷靜地從廚房後方傳來：「他也有可能不會那麼做。這是你第三次參加遠景選拔了，也許你對這一點心生不滿，也許你覺得他會再次讓你失望。」

「也許，你其實在擔心泰洛迷斯博士會看穿你廉價的把戲。居然取了一個這麼可笑的名字，叫自己『偉大的甘道福迪尼』，其實都只是煙霧和鏡子罷了。」翠鳥嘲笑道。

「你還是沒辦法使用真正的魔法嗎？」

「所以這就是我們解決事情的方法嗎？所有人圍著圈彼此指責？」鄧斯特－鄧斯特伯迅速轉向翠鳥，臉上的笑容垮了下來。但那模樣只維持了一秒鐘，隨後那副惡作劇似的笑臉就又回到了本來的位置。「不過啊，我這次的魔法帥呆啦，一定會通過選拔。」他把頭歪向一側。「但也許我應該直接把想法說出來。你們有注意到派博靈得知泰洛迷斯博士要親自進行遠景選拔時，有多激動、多擔心嗎？當然了，葛蘿莉亞的祖父——冬青．鱒豆——和泰洛迷斯博士之間的嫌隙由來已久，他和泰洛迷斯吵架吵得可凶了。還有啊，你們怎麼不去問問派博靈教授，問她對遠景選拔有什麼想法呢？」

翠鳥插話：「嫌隙？」

賽斯雖然聽著這些對話，但思緒卻被自己占住，心神不定地覺得同樣的事一定會繼續發生。他們會不斷說出各種遠遠超出他生活範圍的事，而他對那些事一無所知，也完全不懂那個世界是怎麼一回事。

「難道你不知道嗎？最後一次有人聽到關於冬青的消息，就是因為創傷日的緣故他成了爆炸案中失蹤的一人呀。」掛著一臉調皮笑容的戴林德邊說邊衝出了廚房，留下賽斯陷入更深的迷霧之中。

安靜坐在角落裡的賽斯意識到自己迫切需要了解更多內情。此時白鑞和翠鳥正低聲交談，彼此交換著意見，而安卓莉則是呆望著遠處，放任杯中的茶變涼。

他需要盡力調查關於魔法世界的每樣細節，因為唯有找出這件案子的真正兇手，他才能證明自己的清白，而如果他要這麼做，那就得先搞清楚狀況才行。他現在擁有的唯一希望是盡可能地保持安靜，然後仔細聆聽，或許這樣會讓安卓莉願意告訴他更多事情。

門外突然傳來吵雜的聲響。那是一陣大笑，聽起來就像是有狗在叫。賽斯聽到那聲音立刻緊張起來，因為那大概表示，本來樂得在一旁聽其他人折磨賽斯的蒂芬妮，現在打算親自出馬來攪亂這攤爛泥了。

賽斯聽見外頭傳來她那細碎、令人懼怕的腳步聲，接著蒂芬妮便氣勢盛大地進入廚房，逐一向每個人獻上她最耀眼的笑容。

「這件悲劇著實令人震驚。」她開口說道，嗓音低沉且充滿感性的氣音。「我只想讓各位知道，我非常樂意盡我所能地提供任何幫助。」

蒂芬妮緩緩走向賽斯所坐的角落，白皙的臉隱然出現在賽斯身後。她在外頭徘徊多久了？該不會已經發現遇害的頂級貴賓其實是這片土地上最重要的巫師了吧？

賽斯完全不敢想像蒂芬妮如果聽到這件事的話，會有什麼反應；或者，要是讓她發現這些客人都是為了申請加入魔法組織才入住這間旅館，不知道她又會做出什麼舉動。

他熱切希望她對這些一無所知，因為如果蒂芬妮擁有魔法的力量，那簡直是他所能想到最糟糕的發展了。不僅是令人害怕而已，對賽斯來說甚至可能比被銬上手銬帶離這裡更糟糕。

蒂芬妮眨了眨那雙藍眼睛，站到賽斯的椅子後方。「我想要協助釐清這樁可怕的犯罪。」

「妳願意這麼做就太好了，」白鑞表示。「真令人高興呀！現在剛好是最恰當的時機，我想妳就是協助我們釐清疑點的最佳人選。我對那份所有人都在談論的甜點非常有興趣，甜點上真的清楚標示了要專門獻給泰洛迷斯博士享用嗎？」

「我被要求特別為他準備一份甜點，」賽斯語氣緊張，但他其實因為有機會解釋而感到高興。「因為另一份甜品裡有會讓他過敏的成分。」

「你們看，他甚至仔細研究過自己的受害者！」翠鳥嚴厲罵道。

「呃，應該說，了解客人的喜好是非常重要的工作。」賽斯結結巴巴地回應。

「而泰洛迷斯博士在吃了這份甜點的下一秒，就倒在地上死了？」白鑞繼續問。

賽斯點頭。

「您要逮捕我可憐的小洗碗工嗎？」蒂芬妮美麗的臉龐換上了一張憂慮的面具，但賽斯看得出來她其實雀躍得很。「您真的要帶走他嗎？我無法想像賽斯做出像是謀殺這類大膽、駭人的事情。他一定馬上就能回到崗位上，繼續整理垃圾、清洗碗盤，對吧？」

蒂芬妮此時已經走到賽斯座位的正後方。當她傾身向前時，他幾乎可以聞到她散發出的喜悅。她這段話幾乎是在他耳朵旁邊說的，吐出的鼻息令他發癢。

她轉向白鑞甜美地問道：「請問我該怎麼做呢？我相信一定有我能幫上忙的地方。」

「的確有。我一直聽其他人提到那份令人驚豔的帕芙洛娃蛋糕，我想妳就是蛋糕的製作者吧？而另一份杏桃甜點，我想也是妳的作品？不是我們這位小洗碗工做的？」

蒂芬妮緩慢地轉過頭，讓白鑞能清楚看見她那雙催眠人心的雙眼。「噢，恐怕我得說那都是賽斯的傑作。他學習速度很慢，腦筋也頗不靈光，但我還是會趁著有空的時候盡力教他一點技巧，而我的努力也的確獲得了小小的成果。您可能得逼緊一點才能讓他坦白吐實，不過我有把握能在這方面幫上忙。事實上，我很樂意這麼做。」

一股熟悉、可怕、混濁的蘭姆酒味宣告著諾麗．邦恩出場。她也跟她女兒一樣是要來折磨他的嗎？賽斯根本沒有殺害泰洛迷斯博士的動機，難道真的沒有人願意挺身指出這一點了嗎？

「我想您已經質詢賽斯夠久了。」諾麗說。就在那瞬間，賽斯覺得自己看到了一絲救贖的曙光。「他還有工作在身，而且進度落後非常多。除非您今天晚上就要逮捕他並把他帶離這裡，否則我建議他現在就去打掃旅館交誼廳，好讓客人們可以舒服地休息。然後，賽斯，你過去的時候別忘了幫壁爐加些柴火。」

19. 天才發明家

馬爾德伯爵坐在交誼廳裡，獨自蜷縮在距離壁爐最近的那張椅子上，在一旁作伴的只有因為不斷消退而剩下丁點紅光的爐火。

當賽斯悄悄走進去收拾玻璃杯，並擦拭軟墊沙發椅旁的矮桌時，伯爵看著起來就像一幅悲慘的畫作。博多．馬爾德伯爵完全沒注意到賽斯，連眼睛都沒抬。賽斯安靜地清理雞尾酒吧裡的殘局。就在幾個小時前，所有人都還擠在這裡喝飲料、講些尷尬的笑話、開心地玩著牌。

直到其他人陸續加入伯爵的行列，一起坐到舒服的椅子上，而諾麗也開始從吧臺裡調製飲料招待大家時，伯爵都還迷失在自己的世界裡。

但當賽斯走至壁爐旁，將火撥旺，他立刻可以感覺到馬爾德伯爵正嚴密地監視著自己。他很高興翠鳥選擇在此時打破逐漸蔓延開來的沉默氣氛，即使翠鳥說的話只是再次提醒自己，有多少問題正胡亂地在他腦中游動。

「我做過背景調查，所以可以證實傳聞的確是事實。」翠鳥半正式地宣布。「在所有人都不願提起的那件事發生之後，冬青．鱒豆，也就是葛蘿莉亞．鱒豆的祖父，的確成了官方宣稱在爆炸中失蹤的巫師之一。」

「噢，沒錯，冬青確實是在創傷日消失的人之一。」說話的是馬爾德伯爵，沙啞的嗓音低沉地咆哮著。「那天發生的事情讓我們組織的成員遭受令人非常震驚的損失，完全是一場悲劇。」

翠鳥繼續讀著他的筆記。「而冬青曾經是泰洛迷斯博士的摯友，兩人都因魔法發明而著名。」

「人們都忘了，他年輕時是個多麼有天分的發明家。」馬爾德伯爵感嘆道。「我從來沒聽托柏說過一句冬青．鱒豆的壞話。他們後來的確不和，但那已經是很多很多年以前的事了。」

「總之，泰洛迷斯博士可能比任何人都清楚，遺忘比任何事都更容易激怒你的敵人。」白鑞說著，整個人陷進他旁邊的座位上。「博多，你和泰洛迷斯博士是很好的朋友，我對你的損失感到非常遺憾。你下午都和他待在一起，他有沒有跟你透露什麼？是對我們有幫助的。」

博多緩慢地搖著頭。「整個下午，托柏的身體都還非常健康，我們喝茶，還比了一場有趣的四人吹牛。托柏贏了我們所有人，不過那是因為鄧斯特—鄧斯特伯又在搞他的小把戲。那小子簡直是住在撲克牌裡的魔鬼。」

「但泰洛迷斯博士還是贏了所有人的錢。」翠鳥皺著眉頭。

馬爾德雙手一攤：「當然，那個小子刻意確保泰洛迷斯博士把把都贏，試圖用這種笨拙的手段當成賄賂！當然不是說這會對結果造成任何影響就是了，托柏對待自己的職責總是非常認真。挽救魔法世界不會衰敗、滅亡，那就是托柏的工作。他一輩子都為了讓魔法成為善的力量而奮鬥。」

馬爾德帶有疤痕的臉縮成一副悲慘的模樣。「也許你不相信，白鑞，但我們的世界已經衰敗到非常脆弱的地步了，真的有外界的人不相信魔法師的存在。我的好朋友泰洛迷斯決心要改變這一點。我們曾有過頗為黑暗的時刻。」馬爾德伯爵淚流滿面，還是勇敢地繼續說下去。「不過，向外尋找擁有真正魔法的人，並邀請他們成為學徒，這個構想真的非常厲害，而且將會是巫師世界健全未來的根基。白鑞，你說對吧？」

「非常英明果敢的策略。」白鑞說。

馬爾德接過白鑞遞過來的格紋手帕，從眼角旁邊擦掉一滴好大的淚。「托柏無懼地採取了這些政策，而巫師們也逐漸了解這就是未來該走的路。」

「不過，」格高利昂・翠鳥流暢地插了進來。「無論是那場導致創傷日的叛亂事件，或是那四十二名在爆炸中失蹤巫師的悽慘下場，人們的確習慣將這些事怪罪在他的政策上。」

博多有些震驚地呆了一會，接著臉上便堆滿沉重的思緒。「所以你認為，連這麼偏遠的森林，某種程度上都已經受到紅纈草的魔掌入侵了嗎？我知道他的勢力正在逐漸壯大，但我們該怎樣才能抓到這個惡棍？」

翠鳥搖了搖頭：「殺手其實就在我們之中。」他眼神尖銳地盯著賽斯。

賽斯蹲下放入另一根木柴，火舌躍起，在馬爾德伯爵黑色穹頂般的光頭上照映出火光。伯爵又擦了另一滴淚。此時，賽斯腦中有股奸詐的細小聲音正悄悄說著：**如果殺了泰洛迷斯的人是他的話，那這掩飾實在演得非常好。**

賽斯討厭自己居然冒出這種念頭。

馬爾德是真的很傷心，還能有其他原因嗎？泰洛迷斯博士聽起來是一位非常優秀的人。為學徒開啟前往魔法世界的道路？那聽起來早已超越優秀。

「白鑞警探，住在這間旅館裡的客人中，許多人都有殺害泰洛迷斯博士的充分動機。」翠鳥嚴厲地說著，同時又對塞斯射來另一記威脅的表情。「但是，長官，我們不應該忽視一個事實：只有一個人有辦法偷偷對他下毒。」

「我想這點只能證明，我們通常很難在調查初期分辨出線索的正確性。」白鑞思緒縝密地回答。

賽斯感覺有隻溫暖的手落到自己肩上。他抬起頭來看到是白鑞，便瞬間畏縮了一下，覺得自己可能又要被關回那掃除用具櫃裡，度過另一個難熬的夜。

「我注意到你剛才沒替自己盛湯。賽斯，你不餓嗎？」

賽斯聽到自己的胃咕噥地發著牢騷。

「我發現，每當發生了難以處理的複雜死亡案件時，我總是能獲得案發商家老闆最全力的配合。因為他們如果不這麼做，這類案件可能會拖上好幾個禮拜，而調查也會非常草率。我很確定邦恩先生會願意讓你喝碗湯的。」

白鑞領著他回到安靜的廚房裡。即便再次看到廚房那彷彿被轟炸過的模樣，賽斯還是震驚地說不出話。他疲憊地開始清理灑落在地板上的一小攤醬汁，並整理已經滿出桶外的垃圾，而結著焦底的鍋子在水槽旁堆如天高，讓人難以理解到底該從哪裡下手。突然間，賽斯發現自己被拉到某張椅子上，眼前擺了一只碗。

塞斯拿起湯匙開始喝湯，因為白鑞的凝視而有些手足無措。

「雖然你不在場上，卻覺得自己仍有機會打贏那場網球賽，我想一定是因為你參加的是雙打比賽。」賽斯覺得自己應該找點話題，所以結結巴巴地說著。「這表示你和你的朋友是隊友，而不是對手，對嗎？」

白鑞點了點頭。「你是個聰明且認真的孩子。不過恐怕我還是得說你說錯了，誤會了我們還有贏的機會。就算是昂追亞也沒有辦法。」

白鑞替自己也裝了些湯，端到桌上和賽斯一起享用。「這道湯真的就像你說的那麼好喝。好了，現在，你有打算要在三更半夜裡一頭衝進外頭的森林裡嗎？」

賽斯搖頭。「我不會逃跑。不過照翠鳥先生的意思，我倒是有可能被關進監獄。」

「先別管翠鳥先生怎麼想，我想你對這件謀殺案應該有些自己的看法？」

賽斯嚥下另一大口湯。

從現在的情況看起來，似乎很多人都有想要謀害泰洛迷斯博士的動機，而且其中某些人正住在這間旅店裡。但這會讓案情再度回到最難解的一件事實：沒有任何人有機會對甜點下毒。賽斯始終無法破解這一點。

他看向白鑞，希望自己能夠得知他對這些事的態度。身為一名對魔法世界一無所知的小男孩，居然被其他人視為泰洛迷斯博士謀殺案中嫌疑最重大的嫌犯，賽斯只希望白鑞還願意去懷疑這一點。

「我有幾個問題。」

「儘管問吧。」

「有件事很奇怪，我想了很久。邦恩先生告訴我要為八位客人準備餐宴，但卻只有七個人到場。」

白鑞盯著他看了很久，久到賽斯覺得他是不是恍神了。他說錯話了嗎？

最後白鑞終於開口：「本來還有另一位應該參加遠景選拔的客人？而且我們竟然不知道這個人是誰？我得說這個案件真的讓我覺得越來越有趣了。現在換我問你問題。」

賽斯聽到自己嘆了口氣。他早就知道會受到訊問了，白鑞是故意等到自己這麼累時才問的嗎？他是不是覺得這時的自己比較容易犯下錯誤，無法給出預設的回答？

「你願意離開這裡嗎？」

「離開？」賽斯說，因為聽到這個出乎意料的問題而有些嚇到。他試著想像旅館以外的其他地方是什麼樣子，但失敗了。他心裡有一部分渴望看到最後希望森林以外的世界——至少他覺得自己是這麼想的——但那是一個非常廣闊而未知的世界。他的心一觸擊這個念頭，就像碰到火焰的紙那樣蜷曲起來。「但是我沒有朋友、沒有親戚、沒有錢。」

「那需要一定程度的勇氣才能做到，而且承擔的風險比留下來更高。所以……最後還有什麼想說的嗎？任何能釐清這場悲劇的意見？」白鑞說。

賽斯希望自己能說點什麼，不管多微不足道，只要能夠解釋發生的案情，並且不讓自己站在砲口前就好。

「長官，我知道這看起來像是一件不可能發生的犯罪案，」他有些遲疑地說。「因為沒人能夠解釋毒藥怎麼進到甜點裡。我自己完全不曉得該怎麼做到這件事，但我真的不是凶手。現在我唯一想到的是……凶手有沒有可能——我的意思是，有沒有可能是某個人用魔法殺害了泰洛迷斯博士呢？否則我們無法解釋為什麼這起案件明明看起來這麼不可能，但卻真的發生了。」

白鑞再次動也不動地盯著他好一陣子，讓他以為這位警探又恍神了。他覺得自己似乎問了個非常笨的問題。

「當你排除了可能的因素，無論剩下來的有多不可能，都必定是事實。」白鑞說。

「你以前聽過這句話嗎？說這句話的那位偵探，他的名氣可能比我更響亮。」

「報告長官，那是夏洛克．福爾摩斯說的。」賽斯說。「但我其實沒有搞懂那句話到底代表什麼意思。」

「我想它的意思是，你父親的鼻子一定很厲害，而且你也遺傳到了他的好鼻子。我是說，雖然我沒辦法分辨出食譜該怎樣處理才算恰到好處，但我覺得自己的鼻子也挺棒的。其他人都說我嗅得到麻煩的味道。還有謊言跟藉口。」

「那是三種不同的東西。」賽斯說。

「是沒錯，不過我的鼻子最有名的地方在於，它能夠認出最重要的東西，也就是魔法。現在，賽斯，如果說我的鼻子想告訴我什麼的話，那就是——你是對的。這起案子裡的確有魔法出沒，而且那會是這件看似不可能發生的犯罪案的關鍵核心。」

20. 秉炬夜搜

即便已經疲累到彷彿骨頭都在疼，賽斯還是在窄小的床上翻來覆去，無法入睡。他發現，即便發生了這麼多事，最讓他輾轉難眠的卻不是他覺得應該會占據自己腦海的那件事。

魔法真的存在。

說起來，這情形有點像是他才剛一腳踏入某道門，到達某個意想不到的美麗地方，就馬上被告知這裡正潛伏著黑暗、危險、不可知的東西。當他提起螢火蟲之籠這樣的黑暗魔法時，安卓莉的反應其實有些嚇到他。

他因為不安地動來動去，於是被夜影賞了銳利的一巴掌。夜影如往常蜷縮在床鋪的尾端，賽斯只好努力躺好別動。

賽斯想要摸摸她那身柔軟的毛，但又不想吵醒她。他很高興她最後決定讓他知道她能夠說話。自己養的貓居然會講話，他有多幸運呀？當然，在過去幾年，賽斯都非常孤單，如果當時就能夠和她聊天的話一定很好。不過實際上，她確實也一直陪在他身邊，如果這時去問她為什麼要把這件事當成祕密，他怕她可能又會回到原來不發一語的狀態。夜影的脾氣其實很差，他永遠都不想預期她到底會暴躁到什麼程度。

賽斯現在應該做的，是專心思考盤據腦海中的那些對話，試著拼湊出可能的案發經過。

毒藥是怎麼跑到甜點裡的呢？白鑞是對的，這看起來的確是最不可能發生、最難以解答的問題。但事情確實發生了，而他必須解開這個謎團，否則要如何證明自己的清白？殺了泰洛迷斯博士的人是誰？他真的有任何線索了嗎？

還有，當他問安卓莉有誰可能想要令泰洛迷斯博士喪命時，她馬上就提到了一個名字：紅纈草。但這起案件的兇手應該要是旅館裡的某個人才對。賽斯的腦袋一遍又一遍地思索著發生的每一件事，完全不願意停下來，對真相的迫切渴望讓他輾轉反側。

此時，戴林德．鄧斯特—鄧斯特伯的身影像氣球一般，毫不費力地飄進賽斯的視線裡。他伸手往賽斯耳朵後面一摸，在空中揮舞著那只精緻的高腳甜點盤，表情得意。

安卓莉也從暗處浮現，步步逼近，用致命的手杖尖端直抵他的喉頭：「這是一宗不可能發生的殺人事件，而你，賽斯，你就是頭號嫌疑犯。」

白鑞聳立於賽斯前方，比原本的他更像一棵大樹——他的頭頂甚至發芽長出枝枒，彷彿頂著一頭鹿角。

接著賽斯便發現自己正從欄杆後方望出。他被關在某個陰暗的地方，一個窄小的牢籠，眼神絕望。他感覺自己已經被困在這一輩子了，沒有任何一絲獲救的可能。他用力搖晃著牢籠上的鐵條，感覺某個東西正刺著他的腿，用力地拉扯他的頭髮，抓得他發疼。

賽斯眨了眨，睜開雙眼。

「你在尖叫。」夜影說。

「有嗎？對不起。原來我睡著了。」

夜影伸了一個大大的懶腰，在粗糙的毯子上抓了幾下。「來吧，所以凶手是誰？」

「我不知道。我怎麼可能解得開這種問題？」

「拜託，賽斯，專注一點。是帶著危險手杖在旅館裡到處閒晃的女孩做的嗎？我是一點都不相信她說的話。還是那個耳朵尖尖的狡猾小鬼？他很擅長憑空變出各式各樣的東西。或者，也許是博士那位帶著傷疤的朋友。我在交誼廳裡看了他好久，他的沮喪是努力擠出來的。」

「我覺得他是真的很傷心。」賽斯說。「馬爾德伯爵沒有在假裝，這點我很確定。」

他真的那麼確定嗎？

旅店裡有人說謊。

賽斯把每件事又重複咀嚼了一遍。「他們每個人看起來都有不良意圖。鄧斯特—鄧斯特伯想要賄賂泰洛迷斯博士。在他們稱為創傷日的事件發生後，有一群人在爆炸中失蹤了，而葛蘿莉亞的祖父是其中之一。以前泰洛迷斯博士還在發明各種魔法科學裝置的時候，顯然和同是發明家的冬青．鱒豆成了朋友，但他們後來有了嫌隙。另外，我可以很明確地知道，派博靈教授討厭泰洛迷斯博士。」

「你想到原因了嗎？」

「我覺得是因為魔法世界裡發生了一些問題。」賽斯思索著。「安卓莉提到了改革。泰洛迷斯博士想要讓魔法世界變得更開放，讓新血有加入的機會。」

「這項政策聽起來滿好的啊。」

「對，我也這麼覺得，但不是每個人都想這麼做。而且聽起來這件事導致了一場大戰，造成很多巫師身亡。他們把那次事件稱為創傷日，但沒有人能夠確定誰真的在那次事件中喪命。另外，安卓莉說泰洛迷斯博士有敵人。」

「聽起來很棘手。」

「他之所以提出這些積極的政策，是因為現在擁有魔法的人已經很少了，魔法世界正面臨滅亡的危機。」賽斯說著，然後便迷失在自己紛亂的念頭裡，沉思了一會。「幾個小時前我甚至不曉得魔法世界真的存在，而現在卻聽到這些巫師可能會滅絕。這感覺簡直糟透了。」

「賽斯，你又分心了。來吧，你還知道什麼其他的事？」

「基本上，他們每個人都是為了同樣的理由來到這裡：他們以正式受邀加入艾樂舍為榮。只要能證明自己擁有一點火花般的魔法才能，就能夠成為學徒——即便是魔法世家的成員，也不是每個人都能使用魔法。但我認為要證明自己的才能其實很困難。」賽斯搔了搔她的下巴。

「話說回來，賽斯，博士到底怎麼中毒的？」

「這就是問題所在了。安卓莉說我知道答案，但她錯了。」賽斯拽著自己的頭髮。

「但你一定總有些想法，賽斯。」夜影往賽斯的大腿上偎過去。「我自己覺得凶手是那個臭臉葛蘿莉亞。她的家族和泰洛迷斯之間有著長年累怨，聽起來有足夠理由讓她想要去扳倒博士。」夜影拉長身體，動作緩慢地伸著懶腰。「所以，你覺得下手的是誰？快點告訴我，然後我就能繼續好好睡覺了。」

他把她推到地板上。「難就難在我真的不知道。也許問題的答案就在我們眼前而已。」

「很高興聽到你這麼說！我之前試著鑽到每張桌子底下偷聽，但還是完全想不通這是怎麼回事。凶手會是那個皺著臉的女孩嗎？她看起來像是用眼神就能毀掉整盤美味甜點的人。那你知道為什麼晚宴要準備八張座位了嗎？」

她的視線跟著賽斯移動，看著他起身抓過手電筒跟外套。「噢，不，別告訴我現在得離開旅館才能得到問題的答案。外面冷得要死耶。你知道霜會讓我的毛色變差，我們不能等到太陽出來嗎？」

「不行，不能等。現在的情況看起來，真的只有一個人有可能殺害泰洛迷斯博士。」

「那就讓我們去抓住那個人吧。所以是誰？」

「問題就在這裡，夜影，如果真的是我做的呢？」

21. 杏仁香

「我的貓鬍子和小白鼠啊！」夜影發出低吼。「當然不是你呀。你現在是要出去尋找證明自己犯罪的證據嗎？這主意未免也太聰明了。我不去你應該不介意吧？」

但她並未跳上床窩回那塊溫暖的位置，而是輕手輕腳地跟在他身邊，和賽斯一起走下搖搖晃晃的樓梯，並在三樓的階梯平臺上稍停，仔細聆聽著諾麗．邦恩穩定的鼾聲。夜影領頭快步走了出去，任由黑暗吞沒身影，彷彿這是再平常不過的事。賽斯小心翼翼地確保自己別踩到上頭數來的第三階，隨後也跟著平安抵達一樓。

整間旅店都處於寂靜之中，只有大廳裡的老爺鐘正發出滴答滴答的聲響。從大廳的光線來看，應該就快要日出了。

「從交誼廳往花園那扇門打開時的聲音最小。」夜影提出建議。「所有人都還在睡，但為了保險起見，先讓我再去確定一次是不是真的沒人。」她從賽斯兩腳之間衝了出去，但兩秒之後就又跑回來。「你猜發生了什麼事——邦恩那老頭平常都堅持睡前要把一切上鎖才行，但現在門卻是開的。我們最好小心一點，畢竟還有個殺人兇手在這裡閒晃。」

「夜影，謝了。」

賽斯專注在嗅覺上，希望自己的鼻子能從空氣中發現任何線索，讓他知道到底是誰搶先他們一步在夜裡到處遊蕩。賽斯踏出門外，夜影也像液態黑暗似地跟著流了出去，外頭的夜色如墨，賽斯的手電筒所發出的光幾乎無法穿透。

他們動作迅速地走入樹林，樹冠層遮去了任何可能幫助指路的點點星光，連本來就不抱指望的月牙也擋住了。賽斯單憑著手電筒指認路徑，一步步地往樹林間螢火蟲棲地的方向走去。河流在那片棲息地的後方猛烈轉向，形成一道河灣，成為旅店庭園的邊界，並和守護在旁的瀑布一起切斷了往北方走的路。

「我做了翠鳥說我做的每一件事。」賽斯悄悄地說。「那份甜點是我做的，沒有其他人碰過，完成之後就送進餐廳裡鎖起來，沒有人有機會對它下毒。」

「那就是有人用魔法進到餐廳裡。」

賽斯大步向前。「我那時很累，動作匆忙。」他嚴肅地說著。「甜點是我做的，夜影，假如是我不小心採到了某樣食材，如顛茄，而它跟其他材料混在一起了呢？的確有可能發生這種事。」

「理論上有可能，但實際發生的機會非常低。那種毒藥聞起來像顛茄嗎？」

賽斯的念頭飄回當時的餐廳裡。「它聞起來像杏仁。」

「那就對了，這是一條很重要的線索。沒有人比你更了解食材了。我敢打賭，當你把甜點端進餐廳時，那股氣味並不在甜點裡。」

「但我必須確定才行。」賽斯固執地說。

「別再責怪自己了，賽斯，你不是凶手。」

潮溼、多風的樹林幾乎蔓延至旅店門前，讓旅店的客人紛紛抱怨林子裡那種令人毛骨悚然的氣氛。進入林中的人很容易誤以為樹幹上長出了一張張的臉孔。他們會不時撞上一對盲然無視的雙眼和張大的嘴，然後才發現那原來是覆滿長春藤蔓的古老雕像，黃色的苔蘚斑紋點點。

賽斯記得自己踏上杏桃搜尋任務時所走的每一步路，他不曉得杏桃樹長在哪裡，但卻能肯定就在某處。聽起來很怪，不過這座庭園就是這樣運作。無論什麼季節，只要你需要某種食材，就算是同時要用上桃子和南瓜，往花園裡走就對了，你最終都會找到需要的材料。以前年紀還小的時候，賽斯曾經深信這是一座魔法花園。

夜影的每一步都帶著不滿的埋怨。她腳步輕巧地踏過冷冰的地面，走起路來彷彿肉掌幾乎沒有碰觸到泥土。他們經過一座巨大溫室的舊址，但現在鋸齒狀的破碎窗戶就像一道道傷口。溫室裡長了一株高大的樹，樹上的枝條彷彿絕望囚犯不斷抓撓的手指，穿出破碎的玻璃窗想要投向自由。

「在烏漆抹黑之中做這件事，實在不是好主意。」夜影抱怨道。

「很好，反正現在誰都有資格批評我。」賽斯說。「妳其實不必跟來的。」

她又小聲地咕噥了幾句。

四周只有賽斯踩在細樹枝和落葉上發出的喀拉喀拉響，溼潤的土壤氣味和清晨冰冷空氣特有的新鮮與銳利充滿了他的鼻腔。

賽斯突然被樹根絆了一下，扭了腳踝。他跛著繼續向前走。

「來吧，就快到了。」她摩娑過他的腿邊，向前躍入黑暗之中。

賽斯深吸一口氣，蹣跚前行，即便身處黑暗，他還是終於回到了那個地方。就跟他記憶中的一模一樣，杏桃樹立在眼前。

夜影在夜色中抬起鼻吻。「快點開始啊，賽斯，我在這裡都要凍僵了。」

「如果我真的犯下這麼嚴重的錯誤，那就應該坦白承認。」賽斯堅定地握著火把。

夜影抬頭看著他，大眼睛裡反射出微薄的星光。「真是這樣的話，我想我們都完蛋了。」

「謝謝妳噢，夜影。」賽斯懷疑自己會不會有習慣她開口說話的一天，誰想得到這隻貓竟然這麼暴躁：「妳真是會安慰人。」

賽斯的心在撥開樹上枝葉時狂跳不已。他預期自己也許會在杏桃果實旁邊看到某種致命的東西，或者是帶有劇毒的黑色莓果，它們被放置在錯誤的地方，等著陷他於麻煩之中。

第一道似有若無的光線劃破夜色，為地平線暈染上愉悅的粉紅，也讓他能找得更仔細一點。

「這裡沒有其他東西，夜影。」賽斯低聲說。「只有杏桃。」

賽斯覺得懸著的心放了下來。

「聽好，這聽起來也許像我自以為是大偵探，」夜影說，「但我從一開始就知道，那份甜點在離開廚房之前根本不可能被下毒。」

賽斯感覺自己的壓力完全放鬆下來，以至於當他們折返走回旅店時，連腳步都變輕了。

「謝了，夜影，妳說得很對，我現在可以確定這一點了。」

「早就應該聽我的。你忘記了嗎，賽斯，你漏掉一條非常重要的線索。你就跟每一位盡責的大廚一樣，在把甜點送進餐廳裡之前就先試吃過了。」

賽斯停了下來。「噢，我的確試了味道。」

「如果甜點那時有毒，賽斯，那你已經死了。可是你現在還能到處亂走，有這樣的證據應該足夠了吧？你的偵探技巧要再加把勁呀，不應該忽視像這樣的重要線索。」她脾氣難平地說著。

「那妳之前怎麼沒先告訴我？」賽斯也馬上回嘴。

「因為你那時還一股腦地想找到自己犯的錯，覺得狠狠責怪自己才是。無論如何，你已經得到你要的答案了吧？我想我們現在應該要專心尋找真正的凶手所留下的蛛絲馬跡。我們得找出誰使用過魔法。走吧！我們一起去證明有人發現了如何進入餐廳的方法。」

22. 獵捕鳥鳴

夜影把話題轉到了早餐上，而且指的不是她自己的早餐。她很堅持賽斯不應該怠忽自己的職責，那會讓邦恩夫婦找他麻煩。她提醒賽斯，一但證明了自己的清白，他還是得繼續和邦恩夫婦保持良好的關係，別惹他們不高興——如果真有任何方法能讓他們高興的話。

他們一邊往回走，一邊高興地鬥著嘴。路上的落葉堆裡不時傳來細微的沙沙聲響，雖讓夜影不斷意識到那可能代表一頓美味的早餐，但她還是每次都忍住了想要衝去追逐聲響的念頭。就在他們快要回到旅館時，夜影突然抬高鼻吻，停了下來。

賽斯謹慎地四處張望，然後就看到夜影所發現的東西——矮樹叢間有個人影。那個人也起了個大早，正在進行某件非常奇怪的事。

賽斯冒險偷偷靠近。而彷彿是為了獎勵他的大膽，鬱悶地群聚在地平線上的石板灰色雲層也打開了一小道縫隙，投下清晰的光芒，照亮了全身上下裝扮花俏的派博靈教授。她態度從容地穿過玫瑰園，動作緩慢而安靜，但臉上帶著堅定的表情，彷彿在跟蹤某樣東西。她的頭髮以複雜的結構盤成一只巨型鳥巢，正輕輕晃動著。她手裡拿著一張驚人的大網，抓住網緣的圈圈。

「妳覺得她在施放魔法嗎？」賽斯悄聲問道。

夜影喃喃地抱怨自己對早餐的興趣比魔法要來得多，然後便跑進樹林去追逐某隻毫無防備的小型動物了。

一陣警戒的鳥叫聲響徹這個寒冷的清晨，派博靈教授瞬時抬起她的尖鼻子，緩慢而確實地朝聲音的方向移動過去。她揮舞了一下手中的網子，然後便打開了某只透明的瓶子。賽斯認出那是她房間皮箱裡的其中一瓶。教授把抓到的某個東西塞進瓶內。

此時出現另一陣鳥叫，引得五官如鳥喙的派博靈教授又抬起了頭，再次以堅定的表情看著網子穿過空中。

雖然賽斯這時真的很想回到旅館裡，外加跟任何人說話都使他緊張，但他還是決定主動去了解她到底在做什麼。

「早安，派博靈教授。」

她轉過身，手中的網子差點砍過賽斯的頭。但當看清楚眼前的人是誰後，她露出微笑。

「這片林地真是美極了，好幾哩的範圍內除了樹木之外什麼都沒有。」她張大鼻孔，深深吸入清新的空氣。

「其實大多數人反而都在抱怨這一點。」

「這地方太驚人了。」隨著粉紅色光芒自地平線上緩緩現身，本來低聲私語的鳥叫聲也逐漸高昂起來。「你想要幫忙我捕捉鳥鳴嗎？要是運氣好的話，我還有機會能抓到鳥兒們完整的晨唱。這真是太美妙了。」

「我？」賽斯問，一臉驚訝。「我……如果妳覺得我做得到的話，我很樂意。」

「快點過來，抓住這裡，仔細聽，然後迅速揮出去。揮！」網子雖然大，但是重量驚人地輕。

一隻烏鶇受到驚嚇，對著他大叫。

「不對，不是像在抓小魚，而要像你正在抓一條巨大的梭子魚，好拿牠來當晚餐。沒錯！大膽下手！就是這樣！」

賽斯盡力了。圍繞在四周的鳥兒們似乎同時間大喊起來，幾乎不可能分得出來到底有哪些鳥參與其中。那就像有人正在指揮整團管弦樂隊，而派博靈教授不斷鼓勵他用力揮動著大網。她抓過網子，把她的大鼻子推進網中。「我想你抓到一種了。」

賽斯看著她把網子的末端推進一只瓶子裡。

「我真的有抓到東西嗎？」

「有啊，賽斯，你抓到了。」

「哇。」他說，想起自己在她房裡拔掉塞子時的情景，巨響的鳥叫淹沒整個房間。明明瓶子只有那麼小，他剛才真的也抓到了那麼響亮的聲音嗎？「魔法真的——真的太厲害了。」

「我很清楚自己的魔法在使用上有很多限制，但這屬於非常罕見且特別的類型。」教授輕輕地聳了聳肩。「令人傷心的是，有些人卻很輕易地就把我畢生的心血拋在一邊。」

「我覺得妳的魔法非常優秀。要分辨真的和假的魔法是不是很困難？」翠鳥曾經嘲笑鄧斯特—鄧斯特伯的幻術，說那不是真的魔法。而這些人之所以來到這裡，都是為了通過某種測試，證明他們擁有真正的魔法。

她咯咯地笑了起來，她的第二層下巴也跟著抖動不已。「這樣說吧，我沒辦法空手走進某個房間就憑空創造出火球來。有些人可以，但我不是他們。我甚至沒辦法輕易地把擺在房間裡的椅子變成有毒的蕈菇。」

「真的有人能那麼做嗎？」賽斯瞪大了眼睛問。

「魔法在每個人身上呈現出來的方式都不太一樣。」

「讓鱒豆小姐這樣的人能成為學徒，聽起來很棒啊。」

派博靈教授臉上的笑容盡失。「這是很糟糕的侮辱。」

「咦……呃……真的嗎？妳是指走遍整個國家，想辦法招募擁有魔法才華的人這件事嗎？我……我覺得泰洛迷斯博士這樣的想法是很英勇的行為。」

「英勇？」派博靈教授本來的友善態度已經完全消失了，連捕捉鳥叫的網子都垂了下來。「向騙子和投機者敞開大門，這樣的行為會引來怎樣的結局？而且最糟糕的是，他做的還不只這樣。」

「馬爾德伯爵說他只是想要拯救魔法世界。」賽斯有點不知所措。

派博靈教授往前走近了一步，她頭上那座七彩髮髻高塔也跟著搖晃擺動。「馬爾德伯爵被騙了。」一陣響亮的啄木鳥敲擊聲拉走了她的注意力，她用力一揮，沮喪地看了看網子，然後又把鳥嘴般的尖鼻子戳到賽斯面前。「他是個糟糕透頂的人。」

「妳指的是什麼？」

她沒有停下動作，繼續揮著網子，彷彿她其實滿腹怒氣，而不像是想用網子捉住某樣東西。「他把那稱作公平，我說那是侮辱。竟然敢讓我最好朋友心愛的女兒去經歷那種事。他居然質疑葛蘿莉亞的魔法才華，要她證明自己在艾樂舍擁有一席本來就屬於她的地位，這簡直比冒犯更糟糕。我在魔法世界也是有頭有臉的人，我會盡一切努力，確保葛蘿莉亞獲得她應有的位置。」

賽斯覺得自己對這些人似乎多了一些了解。這些巫師之所以對泰洛迷斯博士的改革措施抱持不友善的態度，背後有著許多原因，而他開始覺得自己正慢慢看到這些成因。

「妳和馬爾德伯爵也都參加了遠景選拔，是因為妳也需要證明自己的魔法才能嗎？」

「我的魔法比較精細，就連其他巫師也不容易正確理解其中原理。我們之所以來這裡，就是為了證明自己魔法的本質挺身而出！」

教授突然罵了一聲，並開始仔細檢查起手中的網子。她彎腰靠近某團灌木叢，叢間有著數量繁多的蜘蛛網，每張都巨大、掛滿露珠，且充滿黏性。她仔細拆下其中一面蛛網，把它黏到自己的網子上。此時賽斯才發現，原來她的網子完全由蜘蛛網做成。

教授隨後轉向，往一棵大橡樹的方向悄聲前進。橡樹的枝幹朝四面八方低低地伸展開來，正要開始落葉。教授一邊走，一邊喃喃地說：「我不會讓任何人干擾我捕捉這場晨唱，尤其是那些可怕的男人們。剛才那隻討厭的啄木鳥竟然從我手中逃走，要是我有辦法說服茶腹鳾鳥更健談一點就好了。」

她轉身發現賽斯還跟在後面，便饒富興味地把某樣東西放到賽斯手中。「我想你最好找個好一點的地方仔細保管。」

她闔上他的手，裡頭的東西摸起來凹凸不平又粗糙。他希望那是裝著鳥鳴的小膠囊，也許是她給他的禮物。如果是那樣就好了，他一定會非常高興。不過當教授高舉著網子離開後，他認真地看了看那樣物體，發現是塊樣貌奇特的木頭。事實上，當他仔細查看過之後，他意識到那不只是隨便的簡單木塊，而是一顆長得很有趣的堅果，外表布滿凸起物，並有著奇怪的紋理。

你永遠不知道這座森林裡長了哪些東西，但賽斯從來沒看過這樣的果子。它到底從哪冒出來的？

他快步跟了上去。

「我走出交誼廳的門時，它掉到我身上。」教授回過頭說。「我花了好一會兒才意識到那是什麼東西。我猜是『有人』想把它丟掉，」她轉過來朝他眨了眨眼睛。「但它一定是卡在矮樹叢上了。」

賽斯回頭看著旅店，旅店外牆上爬滿了一球球節瘤似的紫藤樹。他一臉茫然，不懂這是什麼意思。這麼大的堅果怎麼會落到樹叢裡呢？想當然，它一定是從這裡長出來的，對吧？或者，另一種解釋，也許它是從其中一扇窗戶裡掉出來的？

邦恩夫婦和亨利住在三樓，就在交誼廳正上方，他們下方則是安卓莉・絲奎和翠鳥的房間，緊鄰另外兩間空房。賽斯又看了看手中的堅果。

「不知道你怎麼辦到的，但是，你做得很好——我一個字也不會說出去，相信我。」

她又眨了一次眼睛。「我不會告訴任何人。」她用手指敲了敲鼻子一側[2]，然後自顧自地咯咯笑著，往鳥叫聲最響亮的地方走了開。

為什麼教授要給他這個東西？

他真希望自己知道那個眨眼是什麼意思。

2 譯註：現代西方社會中的常見手勢，起源於歐洲。此處之意是「這件事你知我知，我會為你保密」。

23. 耀眼的勿忘草色

賽斯抬頭看向天空，知道那完美的魔幻時刻就要來臨，黎明初始的玫瑰色光芒即將衝破樹梢。很快，整片天空會著火似地瞬間活過來，潤以最美麗的櫻紅色彩變化，像是從草莓轉向橘橙。

賽斯愛極了這樣的秋日時刻，你可以嗅到空中瀰漫著水果逐漸熟成的香氣。如果夠幸運的話，短暫幾分鐘後就會看到大片昏沉困乏的白霧逐漸消散，而整片森林將會甦醒過來，展露出數百萬片已然換下夏天翠綠顏色的秋葉，看起來根本是另一個世界。這些都是森林的美。他每天都能得到新的觀察。這地方每個小時都在變化，但卻又始終如一。

到了這個季節，旅店的人潮便會趨緩下來，只剩那些在最後希望森林裡迷路到天旋地轉的人才會流浪至此，完全不敢相信自己竟然如此幸運，能夠偶然發現這個地方，並得到一張溫暖好客的床鋪與深夜睡前的熱可可。

但賽斯是真的喜歡這座森林，他對樹林始終抱有熱愛。他最愛的地方是，一旦你的耳朵習慣了那種沉靜的氣氛，便能聽見樹木們綿綿不絕的竊竊私語，然後是逐漸響起的鳥鳴，最後則是林間野生動物匆忙地咬著牙、扒著爪子時所發出的尖叫與劈哩啪啦的沙沙作響。然後你會意識到，即使乍聽之下一片寂靜，但大部分在這裡發生的事其實都很野蠻。

他緩慢前行。地面已經開始覆上一層如地毯般的落葉，在赤裸的腳下感覺柔軟。他注意到一夜之間湧出了許多蘑菇，便彎腰去採。這是菇類最甜美的時刻。要是今天旅店還是跟平常一樣冷清的話，他應該會樂意把今日剩下的時間都花在搜尋、想像各種不同食譜，試著用這些蘑菇偷偷煮出各種美味。

他剛在口袋裡塞飽滿滿的蘑菇，抬頭突然看見旅店其中一道牆邊有個人影，蹲得低低的。看來他和派博靈教授並不是唯一早起的人。

為什麼泰洛迷斯博士的個人助理會這麼早起床呢？她到底在做什麼？

他決定抓住這個機會，好好一探究竟。

保持屈膝蹲低姿勢的安卓莉舉起了手杖，一時間讓賽斯誤以為她正指著自己，於是低頭躲了開來。安卓莉發出一道藍色閃光，還帶著嘶嘶作響的誇張音效。

不過安卓莉的目標其實是窗戶。一道柔和的光浪擊中窗面，如亮藍色光芒形成的瀑布。賽斯緊張地縮了一下，等著窗戶整面碎裂，但那道光芒只是漂浮、圍繞在窗邊，讓清晨冷冽空氣中的玻璃窗面呈現一片耀眼的勿忘草色。

她身上穿的不是昨晚那件會摩擦得沙沙作響的絲綢禮服，也沒披深紅披肩，而是黑色西裝外套、紅襯衫與紅鞋。像她這樣蹲伏在泥巴地上，這身打扮似乎過於正式了。安卓莉仍高舉著手杖，賽斯看到她把一支鉛筆那麼細的手電筒收進紅色手提袋裡。這表示安卓莉在太陽還沒升起前就出門了。

賽斯小心地往前走，想要看清楚一點，不過腳下踩斷細樹枝發出劈啪一聲，巨如槍響，讓整個空氣都凝結了。

安卓莉沒有什麼特別反應，只是逕自從紅色手提袋中拿出筆記本，皺著眉頭，草草寫下某些東西。

賽斯放心地鬆了口氣，不敢相信自己居然沒被發現。安卓莉繼續動筆飛舞地記下更多內容，賽斯覺得自己也許能在不引她注意的情況下再靠近一點，好偷看她寫了什麼。

「監視別人變成你的習慣了嗎？」她那對神色銳利的深色雙眼突然抬了起來，筆直看進他的眼中。

「呃……」他結巴地回答。「妳在這裡幹嘛？」

安卓莉把筆記本收起來。「我先問你的。」她邊說邊從本來蹲伏的姿勢站起來，低下頭的樣子彷彿她正看著自己歪一邊的鼻子。「一大早天剛亮就跑出來？」她的語氣彷佛正在指控某項罪名。

「這座花園非常神奇。」他喋喋不休地說了起來。「無論你需要什麼東西，都可以在這裡找到。說起來很怪沒錯，畢竟蘋果跟草莓本來應該都有各自不同的產季。」

此時安卓莉突然彈開手杖的銀色頂端，賽斯低頭躲開，看見她朝清晨冷冽天空射出了一小片矢車菊般的湛藍亮粉。炫目的亮粉在簡直能凍傷人的空中停留了一會，然後便轉向圍繞在賽斯面前的牆上。

許多藍色水晶般的細微光芒短暫地凝滯在空中，轉眼間便融化逝去。賽斯整個人看得出神，而安卓莉則對著手杖頂端皺起眉頭。

旅店牆面以一陣顫抖的嘆息作為回答。

安卓莉闔上杖頂。「帶我去看你說的花園。」

兩人齊步離開。迅速爬升的太陽發散出令人愉快的暖意，並在樹林黑色的輪廓後方攤開一片粉紅光芒，讓花園後方的森林看起來就像著了火似地。安卓莉撐著手杖走過崎嶇不平的地面。

「妳是在用那把手杖讀取分析的數據嗎？這樣……算是使用魔法嗎？」賽斯怯生生地問。

賽斯不是很確定她到底是真的需要手杖才做得到，或者那根手杖只是藉口攜帶的道具。

「如果你一定得知道的話，我的腳踝被咬傷過。」安卓莉冷漠地說。

賽斯感覺他整張臉都漲紅了，並意識到自己一定一直盯著她的腳看，不斷猜想著咬了她的到底是怪物，還是她在上個星期惹惱的某個人。

「很抱歉妳遇到這種事。所以，妳的紅色手杖也算是魔法裝置之一嗎？」

「如果你一定得知道的話，這是一把探測手杖，是一種很精密的裝置。」

「可以讓我看看嗎？」他急切地問道。

安卓莉俐落地收回手杖。「我說了，這種裝置很精密。」

賽斯覺得自己被安卓莉尖銳的態度刺傷了，但還是帶著她走回自己剛才過來的路，兩人經過溫室。他不敢相信他們現在正走在這座花園裡，就像他這輩子每天的行程一樣——但是他們邊走邊討論關於魔法的話題，彷彿這是世界上再自然不過的事。

「探測手杖是什麼樣的裝置？」

「它可以追蹤魔法留下的漣漪，就算是很久施展的魔法也可以。」

賽斯其實很想知道這世界上為什麼會有人想要追蹤很久以前施展的魔法，但相反地，他脫口而出的問題卻是：「擁有魔法是什麼感覺？妳天生就有魔力嗎？」

「魔法很複雜，賽斯，」安卓莉聳了聳清瘦的肩膀。「其實有點像烹飪。」她邊說邊露出陽光般的笑容，彷彿她是在跟一個笨蛋說話。「有些人就算完全遵從食譜的指示，也不一定會成功。某些人相信那是因為我們需要擁有所謂與生俱來的才華，也就是某種天分。每個人所擁有的魔法能力都不同，不過，即使是最簡單的法術，都需要好幾個月的研讀和練習才能完美使用。魔法，是勤奮努力而得的成果。」

努力的成果。聽到有人說魔法跟那些令人興奮的刺激感一點關係也沒有，賽斯實在覺得有些難以置信。「所以這次的遠景選拔——噢，不好意思，妳介意我問這麼多問題嗎？」

賽斯得到了安卓莉一聲深沉、疲憊的嘆息。

她把手伸進隨身攜帶的那只紅色閃亮手提袋裡，然後攤著手掌，將某樣東西推至賽斯面前。

「這可能會對你有幫助。」

「這是什麼？」

「如果你通過遠景選拔之後，就會得到它。如果你能證明自己擁有一點點真正的魔法才能，就能獲選進入艾樂舍，並拿到這個。不過你暫時借我的去用就好了。」

賽斯偷偷望向她從提袋裡拿出的那個東西，心臟發瘋似地狂跳，以為自己會看到某種令人驚奇的魔法物品。

但它長得就像一張紅色信用卡，滑順、扁平、閃亮，四四方方。

「呃……這到底是什麼東西？」

「這個嗎？這是通往魔法世界的大門。」

24. 書本摩天大樓

賽斯可以清楚感覺到自己實在太無動於衷了，以至於他只是直盯著平放在她手中的那張閃亮小卡看。

不過，就在安卓莉拿出那張卡片之後，它就開始變大。上頭的圖案扭曲、變形成某種影像，彷彿他正看著某個房間的迷你模型。

「這是巫師最有價值的東西，賽斯。無論你魔法的本質，無論你自認為有多厲害，任何巫師都不應該停止閱讀。當魔法落在不讀書、不做研究、不知道自己在做什麼的人手中，絕對是一件非常危險的事。而這是一張圖書館閱覽證。」

「妳認真的嗎？」賽斯想要開口大笑。「圖書館的閱覽證？所有人這麼認真地投注在遠景選拔之中，只是為了一張閱覽證？」

安卓莉惱怒地嘖了一聲，甩開頭髮。「能獲得艾樂舍圖書館的閱覽證是一項極大的榮譽。艾樂舍的祕密圖書館富藏魔法文本，誰會不想要這張通行證？你怎麼能不為此感到興奮呢？你永遠都能在書中找到最輝煌、最無法預料的奇蹟。」

賽斯低頭看向那張卡片，它又開始變大了。賽斯能夠認出那是一間有著拱形天花板的美麗古老房間，占地寬闊幾乎看不到邊際，一道道陽光紛紛照亮許多上古地圖與地球儀。但最吸引人的是裡頭的藏書。它們一排接著一排，向高處延伸而去，彷彿用書本蓋成的摩天大樓。

安卓莉把卡片拿在手中讓賽斯看著，像是一張會動的圖片，讓他把整個鼻子都貼了上去。賽斯覺得自己幾乎能踏入房間之中。

雖然清晨尚早，但他看到有人已經在書堆之間遊走，拿下架上的書、瀏覽翻閱，然後坐到長木桌前開始閱讀。他們在研讀魔法。

「這是魔法裝置？」他的語氣充滿讚嘆。「就像泰洛迷斯博士發明的那些裝置一樣？」

「發明這個的不是泰洛迷斯博士。不過，沒錯，這真的是非常神奇的道具。」

安卓莉用手指在兩排高聳書架間窄小的通道上移動，接著滑動手指，讓賽斯眼前的景象聚焦在其中一個書架上某本有著綠色書背的書：《啟蒙戰爭簡史——從魔法世界初始至創傷日中的四十二名亡者》。他忍不住伸手去摸，不敢置信地看著書自動離開書架、轉向，並將封面展現在賽斯面前。接著書本便朝賽斯的方向滑行過來，不斷接近他的手指，變得越來越大，越來越大，越來越——

安卓莉突然拍開他的手指，影像隨即消失。

接著她做了某個他沒看到的動作，隨後便把卡片放回手提袋裡，並遞給他某樣物品。是那本書。

他驚訝地接過書，感受手中書頁的重量。書本有著褐綠色的封面，渾身充滿紙張的味道，這表示直到安卓莉把它拿出來前，它都還與其他眾多書本好友排排坐在一起。

這確實就是他剛才看到的那本書，但它剛剛不只是安卓莉握在手中的照片而已嗎？

「它摸起來就像真的書一樣。」

「沒錯，賽斯，這是真的書，但同時它——哎，你先翻到封底就是了。」

賽斯迅速翻過書頁，然後發現封底嵌了一小顆深灰色的鋸齒狀石塊。

「為什麼書裡面會有一塊灰色的石頭？」賽斯問，用手指摸著石頭邊緣。

「因為它不只是灰色的石頭。那也是一種魔法發明品，是這本書的文字石，能幫助你更快閱讀。」

他拿起石頭。石頭看起來完全不像擁有魔法的樣子，但一碰到賽斯的手便開始發光，彷彿裡面有某個開關被打開。

賽斯感覺石頭變得滑順而扁平，接著便在他眼前開始變形，逐漸尖銳，銳利到彷彿可以用來當作武器，拿來切菜應該也是一劃就開。石頭表面轉為蒼鬱多汁的翠綠色，讓賽斯想到蕨葉。

他停下腳步，讚嘆地看著手中散發光芒的綠色石頭。但這時一個陌生的聲音響起，讓他又抬起頭來。一陣跺腳重踏，彷彿有龐大巨象朝他們奔來。

某樣東西正迅速穿越樹林，筆直地朝兩人而來！賽斯用手遮住還沒爬高的太陽，想看清前方的深色森林，便發現附近的樹木開始彎曲，而枝幹也隨之折斷。無論來的到底是什麼東西，一定是體型碩大、可怕，而且危險。

他看著安卓莉，試圖開口對她發出警告。漆黑的森林裡住了很多他從來沒看過的生物，但他從來不曉得有這麼巨大、嘈雜的動物，而且對方正逐漸靠近。

伴隨著吼叫聲，有顆大頭從最靠近他們的樹叢裡鑽了出來。那顆巨大的腦袋後方連了一條長長的脖子，臉上不斷抽搐，顯然充滿怒氣，一隻滿是惡意的橘色大眼鎖定在賽斯身上。

恐懼讓賽斯全身僵硬，連一條肌肉都動不了，更別提要逃跑了。那個生物動作緩慢地朝他靠近，龐大的體重清空了樹頂的枝枒。牠現在站在空地上，離兩人只有幾公尺遠。牠張開嘴噴出一道綿長、可怕的火焰，將整排枯葉化為燃燒的火炬。接著，牠轉向了賽斯。

25. 另一項魔法發明品

「龍。」賽斯終於發出聲音，微弱得彷彿鴨叫。

他試圖伸手去抓安卓莉，但卻沒辦法讓自己的眼光從那隻怪獸身上移開。牠紅金色的鱗片在晨光中閃閃發亮。牠低下頭，直對著賽斯張開大口，露出兩排閃著微光的長尖牙，吐出另一道火焰。

他感覺有東西拽了一下他的手，那頭龍便消失了。完全消失，無影無蹤。賽斯眨了兩次眼。

安卓莉站在他面前，對著他揮舞著文字石。「賽斯，這本是魔法世界的簡略歷史。為什麼你看起來這麼害怕？」

「龍。」他只能擠出這個字，然後舉起手指向她身後。就在幾秒鐘前，那頭可怕的生物還站在枝幹之間。

她轉頭去看，然後嘆了口氣：「那不是真的龍。」她表情輕蔑地撥了頭髮。「顯然你是回到最一開始的時候了。那應該是古代，當時的人可以能夠獲得龍的魔法。但很顯然地，我們現在已經沒辦法再用同樣的方式獲得魔法了。」

「為什麼？」

「呃，因為幾百年前龍就已經被獵捕到絕種了？」她翻了個白眼。「賽斯，即使你一輩子住在這種黑森林裡，也應該知道龍族早就不存在了吧。好了，你試試看把強度調低一點，然後直接跳過剛才那章。」

安卓莉又露出了她心煩時會有的皺眉表情，但賽斯發現她的不耐煩其實也沒那麼難忍受，他已經逐漸習慣了。

「你學得很快。」她把文字石交還給他，語氣裡帶著壓抑不住的訝異。他不情願地用手指去摸，而安卓莉在一旁饒富興致地看著。「大部分人第一次用的時候，腦海裡都只會出現文字而已。」

「要怎麼調整強度？」他把文字石翻來覆去。

「別想著要找強弱鍵，直接用心去控制它就對了。」

「這是類似虛擬實境的東西嗎？」

「不是，賽斯，這不是虛擬實境，這是魔法。現在，在心裡默想一個問題，必須是你真的希望能在這本書中得到解答的問題。試試看吧。」

賽斯試探性地抓住了文字石，試著照安卓莉所建議，在心裡想著希望書本解答的問題，而不再去想那頭龍。

他現在唯一能想到的是自己因為即將施展魔法而感到興奮不已，不過他仍試著讓心緒穩定下來。

他們繼續向前走，到達了杏桃樹生長的那片樹叢，接著安卓莉便開始忙碌起來，舉著手杖朝樹叢發射出一陣火花。賽斯想到了遠景選拔，並想到自己對魔法世界的認識正緩慢增加。

他知道自己還有很多不懂的事，不過同時也知道，如果他想要有任何找出凶手的機會來證明自己清白，那就必須想辦法了解這些事情。

泰洛迷斯博士的改革造成創傷日事件發生，而這可能就是導致旅店裡其中一位客人想要謀殺他的主要原因。

賽斯堅定地握住文字石，並閉上雙眼。

他感覺左手邊出現了某個東西，於是便轉過身睜開眼看。有個小個子的人站在那裡，兩人對望。他立刻認出那矮個子的人是誰。

是泰洛迷斯博士。

26. 比受歡迎更重要的事

賽斯嚇得連石頭都掉了。

影像立刻淡去、消失。這次，正在查看樹叢的安卓莉連頭都沒回。「又看到龍了嗎？」

「不……不是，是泰洛迷斯博士。」賽斯結巴地回答。

他多少猜到那不是真的博士本人，但要他看到那個身影、那張天真無邪的圓臉卻不感到傷心和驚嚇，仍然不是件容易的事。

「啊，也對，我想這本書裡一定會有他。你問的問題跟他有關嗎？」

賽斯點點頭，想到那座強大的魔法圖書館，還有如高樓大廈般的書堆。「所以，如果泰洛迷斯博士在書裡，那麼可以跟他說話嗎？可以問他謀殺他的人是誰嗎？」

安卓莉發出另一聲長嘆。「賽斯，這個魔法裝置的作用是讓你用比較輕鬆的方式讀書。你可以在那本書裡讀到創傷日發生前的魔法世界簡史，但只能讀到寫進書裡的那些。」她不耐煩地吐了口氣。「讓你這麼做是因為，我覺得這比親自向你解釋簡單。再試一次吧？」

他彎腰撿起石頭，抓在手中沒有握緊。當賽斯這一次抓住石頭，他已經做好了準備，看著泰洛迷斯博士再次出現在視線之中。他堅定地告訴自己那只是影像而已，不是真的人。那只是以影像方式呈現的書。他抓緊石頭。

森林逐漸淡去，取而代之的是一間有著寬大窗戶的小房間，而泰洛迷斯博士正坐在書桌旁。

賽斯從房間角落看著博士，而森林、樹叢、安卓莉等所有事物的模樣則逐漸模糊，直到完全消失，只剩賽斯一人與眼前的泰洛迷斯。博士若有所思地握著雙手。

「魔法世界正在日益萎縮，我們現在迫切需要有熱情和新穎觀念的年輕人，不只渴望接受訓練，更要願意投入實務之中。」泰洛迷斯博士說。

泰洛迷斯博士似乎完全沒注意到賽斯。他皺眉看著眼前的厚重文件，手裡抓著一枝閃亮的紫筆，不時猶豫地瞥向賽斯的右側。

「這件事每個人都知道，卻沒人有勇氣去做。」他那狡黠的神色怎麼不見了？以前的他看起來嚴肅許多。「我是指，開始招募新血。」

「你該不會是想公開邀請其他人加入艾樂舍吧？」

聲音從賽斯的右邊出現，嚇得他差點跳起來。他根本看不到說話的是誰，不過他認得那個聲音，應該是馬爾德伯爵。

「正是如此！」泰洛迷斯博士說。「魔法世界的居民曾經遍布各處，如今卻變得如此稀少，以至於人們開始忘記還有我們的存在。他們甚至不再相信魔法了。」泰洛迷斯博士憂傷地搖搖頭。「我們必須做點什麼。如果我們不找遍整個國家，去招募最優秀、最有前途的人才，那事情會演變成什麼樣的結局呢？我們需要眼光銳利、富有才華的學徒與新血。我們得找出擁有任何一絲真正魔法天分的人，確保他們能得到栽培，並往正確的方向發展。」

他看起來像在等待回應。最後，另一個人開口了。

「這樣可能會讓影響力最大的那些魔法家族視你為敵。」

泰洛迷斯博士苦笑一聲，拿起筆，但手勢仍在那疊厚紙上猶豫了。「我知道自己現在提出的計畫可能會引起某些人不快，但當魔法可能完全滅亡的危機臨頭，我們還有什麼選擇呢？得有人鼓起勇氣採取行動才行。但我真正想要提的——總之，至少這樣沒有人可以指責招募過程不公平。每個人都該要獲得平等的機會。」

「我不明白，你到底想要做什麼？」

泰洛迷斯博士起身，開始在小辦公室裡來回踱步，雙手背在身後，脖子前傾。賽斯往後退，深怕自己要是和他撞在一起的話，畫面有可能會消失。

「我們得改變加入艾樂舍的方式。艾樂舍應該屬於每一個擁有真正魔法天賦，且願意為了成功而努力的人——無論他們的出身為何，我們都應該給他們機會。相較起來，單純仰賴下一代遺傳魔法的缺陷實在太多了，魔法可是比這要複雜很多呀。魔法會吸引自己流向它想去的地方。」

「如果我對你的提議沒有理解錯誤……這項政策應該會……不怎麼受歡迎。」

「我想提議舉辦一項程序，讓所有人都有機會證明自己是否適合加入魔法世界。我們會以相同的規則評斷每個人，而且會要求每個人都參與這項選拔。只有通過選拔的人才會受邀，正式成為魔法社會的一員。這項選拔程序稱為遠景。」

兩人短暫沉默了一會。「所以你想要讓每個人都參與這場遠景選拔？就算是那些認為自己有權在艾樂舍中獲得一席之地，或者長期以來一直是魔法社會一分子的人也一樣？」那個聲音靜靜地說道。「反對你的人會非常多，這可能會非常危險。」

「值得慶幸的是，拯救魔法世界比我受不受歡迎要重要多了。」泰洛迷斯博士停下腳步，看向對他提出忠告的人。

博士猛然一拳捶在那疊紙上，金色的火花從他手中迸發出來。他揮手拍掉紙面上沾染的黑色灰燼。

「我們必須讓艾樂舍不再只是各魔法世家的私人俱樂部。魔法正在衰亡，沒有其他辦法了，要不舉行遠景——要不就只能迎向魔法的末日。」他的拳頭再次擊向桌面。

「這是我最近所聽到最果敢的政策了。」

泰洛迷斯博士露出嚴肅的笑容，然後回到他本來的座位上，提起筆，以裝飾字體簽下自己的名字。「謝謝你。應該吧。我想所有人最終都會改變心意，意識到這樣才能獲得最好的結果。我很確定，一切都會好轉。」

影像消失了。賽斯讓石頭滑進其中一個口袋裡，一會之後才又回到熟悉的樹林之間。安卓莉正站在他面前等待著。

「是泰洛迷斯博士自己選了比較難走的那條路，對吧？這就是紅纈草那些人反對他的原因嗎？這件事其實跟學徒制度或是尋找新成員沒有那麼大關係，反而比較像是要讓舊的魔法家族證明他們自己的價值，是這樣嗎？」

安卓莉盯著他看了許久，看得他都不舒服了起來。「我們的巫師上將是個勇敢的人。」

「他完全沒想到某些魔法界的人民可能會有多生氣，對吧？」

安卓莉轉身往旅店的方向走，塞斯跟了上去。一想到那些勇敢、公正的政策都已跟著泰洛迷斯博士一起死去，他便感到前所未有地哀傷。

他們安靜地走著，然後賽斯發現了幾片綠葉。葉子的尺寸迷你，帶有獨特的鋸齒葉緣。那是他找了好一陣子的草藥，剛好是他要的物種。他鑽進小徑裡，蹲下去揀了幾片。賽斯的口袋裡都會隨時帶著幾只皮製的小袋子，他拿了一只出來，把葉片放進去。

「你常做這種事嗎？」

「呃，對。」賽斯回答。他可以感覺到安卓莉筆直的視線。「很久沒看到這種草藥了，我會用它們幫亨利泡特製的花草茶，舒緩他消化不良的問題。妳的探測手杖，妳用它找到想要知道的事了嗎？」

「你剛才說你可以找到生長在這座花園裡的任何植物，那你找得到附子草嗎？」

賽斯回想起父親教過他的許多草藥。「那不是藥用的香草吧？我記得它很危險。」

再一次，他所有直覺、感官都告訴他，不要相信安卓莉。

她還是不斷迴避他的問題，不告訴他那根手杖的作用到底是什麼。她說那可以追蹤久遠以前的魔法留下的漣漪，但他怎麼知道那到底是什麼意思呢？

「賽斯，只有在不正當的人手中才算危險。所以你找得到嗎？」

「應該吧。」

「那玄蔘呢？」

「如果想要的話就可以，但妳真的不該——」

「還有海蔥，不用太多，只要一小撮。把它們找齊需要多久時間？」

「我也沒辦法確定。妳拿這些要做什麼？」

她那雙深色眼眸避開了他的視線。

「我可以把書留著嗎？」他問。

安卓莉有些猶豫。「我想應該可以。不過書是用我的閱覽證借的，所以別逾期或是弄丟。別損壞書，也別對它做任何事，知道嗎？」

「我可以讀吧？還有，如果我幫妳找到那些藥草，妳能不能告訴我為什麼妳要用那把探測手杖？當然，如果妳打算要用那些藥草做壞事的話就另當別論。」

「賽斯，壞事？我耶！」她皺起了鼻子。「你到底在說什麼呀？」接著安卓莉快速瞥了一下四周。他們已經快回到旅館前了。「賽斯，我得跟你說一件事，還記得我說你可能是唯一一個能幫上我的人嗎？」

「因為我在這邊住了很久？」

她點點頭。「我現在很確定你能解開全部的謎題。」

她用那雙慧黠的棕色眼珠看了他很久，言神極富穿透力。她看了好久好久，久到他覺得她應該發現那本黑色小書了。

「我真的什麼都不知道。」

「這樣吧，如果你發誓不把我接下來告訴你的事情說出去——是真的誰都不能說，這很重要——那我就告訴你我現在到底在做什麼，或者說是我試圖在做的事。這裡面還有好多我不明白的事。而你，賽斯，你可以幫上我的忙。事實上，你一定得幫我。」

「好了好了，我懂了。妳可以信任我，安卓莉。」

他希望自己也能信任她。

「我一直在尋找魔法的痕跡。」

賽斯對此只能一臉茫然地看著她。

「確切來說，是想知道最近有沒有人施展過魔法。魔法會在空氣中留下記號，大部分人都看不到這些記號，但我能找到漣漪。」安卓莉把長髮中那撮異常顯眼的紅髮束勾至耳後。「賽斯，我們第一次說話的時候，你告訴我你從來不知道魔法真的存在。」

「對。」

「可是，賽斯，」安卓莉又確認一次手杖頂端得出的結果，然後再次看了看四周。「這裡到處都是魔法呀。」

賽斯停下腳步，完全站定，圓睜著眼睛看著她說：「那是因為有魔法世界的居民在這裡，他們來參加遠景選拔，不是嗎？」

「我的意思是不是這樣，他們的存在跟我得到的資訊沒有關係。」

「這就是妳在探測手杖上得到的結論嗎？它一定搞錯了。」

安卓莉直起身子，彷彿受到汙辱。「搞錯？它才沒有搞錯。你得幫幫我，賽斯，這整件事有地方不太對勁。這裡的魔法不是舊的魔法，而是某種我不太⋯⋯」安卓莉咬著唇繼續說了下去，但聽起來比較像自言自語。「那是某種受到扭曲的魔法，這我對它唯一的形容。感覺起來就像，這座旅館裡有人正在使用我從來沒遇過的魔法形式。」

27. 關於候選人的資訊

某種魔法？賽斯覺得自己的心跳漏了一拍。她怎麼可能是對的呢？

在他有機會整理思緒或是詢問更多問題之前，他就先聞到了乘著清晨微風吹來的現煮咖啡香味。白鑞警探正站在前方，整個人看起來既清爽又聰敏，彷彿他剛熨好西裝、整理完頭髮就直接走到這裡。他端著一只放了杯子的托盤。

「我替你們帶來咖啡和一個壞消息。」白鑞大喊著，把托盤放到旅館交誼廳外頭露臺的其中一張長桌上。

「噢不，」安卓莉說。她用手摀著嘴，雙眼睜得好圓。「該不會又有人……？」

「很抱歉，我必須誠實坦白，我昨天晚上把所有奶油餅乾都吃完了。現在，這真是一個明亮又愉快的早晨啊，沒有什麼比這樣的早晨更讓人想要馬上開始工作了。要是有點小餅乾的話就更好了，至少我覺得會啦。」

「我去多做一點。」賽斯現在才想到自己該做的那些廚房雜務，顯然進度已經落後到跟不上了。他感覺自己的胃絞痛起來，立刻想從白鑞旁邊走過。

白鑞沉穩的手落在賽斯臂膀上：「賽皮先生，今天我想請你和我一起合作，就算我們必須勇敢地在沒有餅乾的世界活下去也一樣。」

賽斯不斷建議他們應該轉往室內，坐起來比較舒服，而不要坐在潮溼、寒冷的清晨之中。畢竟陽光還沒觸摸到的地方仍結著霜，而且他們本來就只在夏天最熱的那段期間才會用上這張露臺長桌。

但當他坐下時，就發現一切溫暖宜人，他甚至可以感到輕柔的夏日微風吹上他的臉頰。他抬頭看向白鑞，是他讓這裡變暖的嗎？他用了魔法嗎？

「你呀，賽斯，」白鑞開口說道。「讓我整晚沒得好睡。這都是因為你昨天晚上問了那個問題，實在讓人太印象深刻，根本揮之不去。」

「很抱歉，先生。」

「絲奎小姐！」

安卓莉本來已經要掉頭轉回花園裡了。

「能不能讓我們暫且放下妳也是嫌疑犯之一這件事呢？如果可以的話，我會非常感激。」

她回了他一臉惱火表情，但閃瞬即逝。「這我應該還做得到。你想從我這得到某樣東西，是什麼呢？」她瞇起那雙深色眼睛。

「妳昨天說，妳對所有人的魔法示範都做了筆記，我很想知道他們到底在遠景晚宴上展示了哪些技巧。」

白鑞替他們各倒了一杯咖啡，然後把其中一杯邀請似地推向安卓莉。她看著咖啡猶豫了一下，然後才找了個位子坐下。椅子仍然潮溼，沾滿晨露。

賽斯看到從早餐狩獵中歸來的夜影鑽進桌子底下。她已經準備好聆聽對話，並且了解自己不懂的部分了，他也是。

賽斯在腦中搜尋著自己昨天到底說了什麼話，竟然能讓人揮之不去，但他的注意力全被安卓莉所說的事情吸引過去。想當然爾，謀殺泰洛迷斯博士的兇手一定是來自魔法世界的人，應該是某位以旅客的身分來到這裡參加遠景選拔的人，對吧？

但這樣的話，為什麼安卓莉會說旅館裡早就有魔法的痕跡呢？

話說回來，他也的確常覺得這座花園本身就像擁有魔法一樣，只是從來沒真的這麼認為……

「賽斯，關於你昨天問的那個問題，『這是不是一宗以魔法手段犯下的案件』，」白鑞說的話打斷了賽斯的思緒。「其實我也問了自己一模一樣的問題。因為如果不是魔法，這件案子看起來就真的像不可能發生一樣。而事實是，世界上並不存在不可能發生的犯罪。」

安卓莉啜了一小口咖啡，思緒沉重地搖了搖頭。「但這個人得在唯一的下手空檔裡，進到上鎖的餐廳完成所有的事？這需要非常強大的魔法才辦得到。」

門板發出碰的一聲，翠鳥重步踏出戶外。他一邊捏著自己的小鬍子、拍平綠色西裝，一邊向他們抱怨道：「為什麼他沒被關起來好好鎖著？」他瞪向賽斯和安卓莉。「還有，為什麼她在喝咖啡？」

「我想我可以很高興地跟你說，咖啡還是能算你一份。」白鑞回答。

翠鳥的目光仍然炯炯，但人已經坐至定位，接受遞來的咖啡了。

「現在，我們剛才都已同意放下彼此立場的差異，所以這是我們彙整資源的時刻。首先，我想先確認幾項細節。」

翠鳥呻吟著，把頭埋入手中。

「當時甜點是到最後一刻才送到餐宴現場，而絲奎小姐的坐位就在甜點旁邊，是嗎？」

所有人都點了點頭。

「在用過主菜之後，每個人都有機會展示各自的魔法。」安卓莉說。「整個過程我都在做筆記，沒有離開座位。很抱歉，但當時完全沒有人經過我旁邊，或者靠近那張桌子。然後就到了用甜點的時刻，然後──」

「把甜點端給泰洛迷斯博士的是誰？」白鑞問道。

安卓莉輕輕地說了，賽斯注意到她的喉嚨微微顫抖。「關於這點，我必須說，是我。」她將長髮甩至腦後，紅色的長指甲敲打著桌面。「格高利昂，」她清楚地說，「在食物都上桌後，餐廳為了準備進行遠景選拔而正式受到封鎖，隨後便空閒了五分鐘。我想確定一下，我們是否能排除兇手在這時下毒的可能？餐廳大門是只有上鎖，還是也有施加干擾魔法？通過干擾魔法的難度有多高？」

「當然施加了魔法。妳以為我會忘記這麼基本的事嗎？」翠鳥對安卓莉嗤了一聲，覺得她怎麼有資格質問他這個問題。「房間當時處於密室狀態。」

「你施放的法術範圍是否包括了整個房間？」安卓莉追問。

翠鳥猶豫了。「好吧，沒有。」他咆哮道。「但我確定了沒有人能夠解開那扇門的鎖。我本人和邦恩先生各自擁有那兩道鎖的鑰匙，我們也都在五分鐘後回到現場。這是程序的一部分，目的是確保參與者帶到選拔會中的任何裝置不會受到非魔法閒雜人士窺探。有些魔法界人士會將自己的魔法保護得非常隱密，甚至不希望被知道擁有魔法。當我和邦恩先生重新打開門鎖時，保護法術都還完好如初。」

白鑞小心翼翼地咳了一聲，然後說：「要我說，我們先忘掉泰洛迷斯是政治人物，而且有很多強大敵人這件事吧。」

「忘掉？」翠鳥重複了這兩個字，並加上一聲沒有笑意的笑聲。

「我自己就試著儘量忘掉政治的因素。」

「我同意，專注解開這宗案件的犯案手法會是個好的開始。」安卓莉說。

「但我們都知道，唯一可能下手的只有這個打雜小弟！」

此時眾人身後傳來一陣騷動，連帶傳來一股由熨燙過的床單與蘭姆酒混合而成，又熟悉又可怕的味道。那味道在在警告著賽斯，他可怕的老闆之一諾麗·邦恩正在逐步接近，而他將為犯下致命性的錯誤而付出代價，因為這是他有生以來第一次完全忽略了應有的工作職責。

他動作倉皇地試圖溜下椅子，但卻不夠快。諾麗已經像鋼鐵製成的陷阱般占住了椅子後方，但當她開口向客人說話時，嗓音倒是甜的像糖漿。

「請容我為賽斯的失禮行為道歉。他還欠缺訓練，而且被最近發生的事件搞得心煩意亂。但他應該要記得自己的地位，不該懶鬼似地在賓客旁邊晃來晃去。」

賽斯感覺她骨瘦如柴的手指緊揪住了椅背往後拽，差點把他甩飛出去。

「你到底在玩什麼遊戲呀，小鬼！」諾麗·邦恩的吼聲如雷，把蘭姆酒氣都吹到他臉上。「你以為客人們會想和一個打雜小弟同桌而坐嗎？」她轉向其他人，抿著嘴，露出一臉有禮的笑容。

賽斯再次試著用自己的兩腳站定，但卻跌得踉踉蹌蹌。

「親愛的邦恩太太，請問我們能不能再來點咖啡呢？」白鑞手裡揮著空的咖啡壺，禮貌地問。

諾麗．邦恩甩過頭，嚴厲地看著賽斯。「我會讓賽斯馬上準備。招待不周，真是抱歉——一切都是因為飢餓的客人們都等著要用早餐了，而我們的打雜小弟卻從昨天開始就沒有完成他該盡的職責，讓我們的準備進度有些落後。」

她用力抓住了賽斯的手腕，力氣大到賽斯覺得自己的骨頭隨時都會裂開。

「情況聽起來真的挺麻煩的呀，邦恩太太。」白鑞流暢地對應著。「這樣我就了解為什麼妳會這麼想把年輕的小賽斯揪回廚房裡了。」

諾麗開始拖著賽斯離開。

「雖然廚房員工裡有著聲名狼藉的下毒凶手，但妳能夠這麼輕鬆地應付這情況，我真是非常佩服。」

邦恩太太緊抓著賽斯的手頓時鬆了開來，彷彿賽斯的手著火了似地。她驚恐地看著賽斯，然後又轉向白鑞，銳利的五官上緩慢掠過一陣半信半疑的神情。

而白鑞只是瞧了瞧自己手腕上那只巨大的手錶。

「您確定是賽斯毒死了其中一位貴賓嗎？」諾麗不滿地嘶聲問道。「我昨天還聽到您想把罪名推到我女兒身上。」

「請妳放心，調查已經在進行了，不過我們現在確實沒有其他理由懷疑別人。」

「我真的該回廚房裡幫忙了。」賽斯說。

白鑞皺了眉，非常小幅度地搖了搖頭。他轉向翠鳥：「我想這裡應該有人可以幫上一點忙？」

翠鳥一臉目瞪口呆，手指著自己胸口問：「我？」

「噢，你能夠自願幫忙真是太好了。邦恩太太，水鳥先生馬上就會前去協助妳。請給他一點時間，五分鐘如何？」

賽斯簡直不敢相信邦恩太太竟然頭也不回地落荒而逃。他重新在位子上坐定，不過此時安卓莉轉頭給了他一個笑容，讓他反而擔心起接下來的對話。

「賽斯是個好學生，他很積極地了解魔法世界。現在是個好機會，讓我們知道你專心學到了什麼吧。」

此時每個人都轉過頭來等著，賽斯感覺自己的臉都燙了起來。

「咳。」他清了清喉嚨。「呃，魔法很罕見，施行起來很困難，而且也可能屬於邪惡，或充滿危險。擁有魔法是一種責任，因為世界上有各種不同的魔力，其中有的魔力……非常可怕。就算是最基本的法術也需要長久的學習才能施行，我想這可能就是為什麼現在擁有魔法的人數不多的原因吧。」他抓了抓頭。

「說得很好，賽斯，很高興知道你有專心在聽。」安卓莉說。

賽斯轉向白鑞：「你說我問的問題跟你自己會問的差不多，但你思考的點應該不在於這宗案件是不是用了魔法型的犯罪手法。我猜，你在想的問題點應該是——誰的魔法強大到能犯下這種案件？」

白鑞露出一臉愉悅的笑容。「我的確是這麼想。這也是為什麼我希望妳加入討論的原因，絲奎小姐。」他搓了搓手。「我們繼續吧。絲奎小姐，妳做了筆記。另外，我記得妳說泰洛迷斯博士長途跋涉至此，只是要為這一群不太有希望的候選者評分。所以……麻煩妳了，請告訴我們關於這群候選人的資訊吧，讓我們看看他們這些人的資質如何。」

安卓莉沒有馬上回答，而是用一支筆身顯眼入時的紅筆敲了一下桌面。「你覺得其中一位候選人說謊？也許有人隱藏了自己施展魔法的能力，好讓我們認為他們的程度不足？你覺得可能有人靠著說謊而進入遠景選拔嗎？而那個人還假扮成新手，實際上卻擁有強大的魔力？」

「我希望我們討論時能考慮到這種可能性。當然，妳也可以把這當成一項不可能的犯罪。」白鑞說。「不過幸運的是，我喜歡挑戰。」

28. 另一種方法？

安卓莉拿出她的紅色筆記本，攤開書頁。「馬爾德伯爵提出一種簡易的幸福藥水。他把這種透明無色的液體稱為掃除劑，只要幾小杯，就能讓你產生溫暖的幸福感，並覺得身邊所有的人都是你的朋友。」

「聽起來很棒。」白鑞說。「這應該會很受歡迎，是我的話就想來個幾杯。」

馬爾德伯爵這種藥水調製能力馬上吸引了賽斯的注意，聽起來的確很有發展潛力。

「嗯，」安卓莉繼續說道。「我會說他擁有一點點魔法天賦，但實在非常難以判斷。」她嘆了口氣。「泰洛迷斯博士就很擅長這件事。」

「派博靈教授——鳥類專家，特別是擁有與鳥類溝通的能力。」在椅子上晃來晃去的翠鳥發出冷笑。「我不認為你能夠用這種方式排除嫌疑犯。拿賽斯來說，他就完全沒有魔法能力。」他朝著賽斯露出一臉前所未有的不友善笑容。

賽斯開始感到坐立不安，試圖轉變話題。「我記得邦恩先生以前養過鳥，他還留著一只很小的鳥籠。這說起來是件非常奇怪的事，因為他總是嚴格規定不能養寵物。今天早上我幫派博靈教授蒐集了一些鳥叫聲，是很有趣的工作。」

翠鳥長時間注視著、打量著他，然後才轉向白鑞，粗聲粗氣地說：「我猜鱒豆應該沒通過選拔囉？」

「但她祖父不是很有名的巫師嗎？」賽斯問。

安卓莉的臉拉了下來：「鱒豆小姐宣稱自己發明了反重力塵，不過這種事通常不太可能發生。」

「為什麼這麼說？」賽斯問。

「反重力塵？那屬於一級巫術。以鱒豆小姐的年紀，如果她真的研發出那種等級的魔法，就真的是一件大事。我還以為你已經懂了。」安卓莉說。

「妳的意思是，即便是出生於魔法家族的人也會試著用取巧的方式進入艾樂舍？」

安卓莉微微點頭。「我必須這麼說，從父母那裡繼承並不是獲得魔法的可靠方法。」

「以鱒豆小姐來說，她跟那個家族裡擁有的任何魔法都沾不上邊，她對這一點非常生氣。」翠鳥用他那拖長的語調說著。

「但是，她用什麼方法假裝自己發明了反重力塵呢？」賽斯追問。

「鱒豆小姐在鞋子裡裝了彈簧，很容易就能看出來了。」

賽斯想起自己在搜索葛蘿莉亞房間時發現的那雙鞋子，鞋底厚得很奇怪。

本來賽斯還對他們可能解開謎題抱有一絲希望，但現在又退回到腦袋打結的狀態。照現在的情況看起來，這些客人的魔法造詣似乎都不足以犯下這起案件。犯人到底是怎麼下手的呢？

「絲奎小姐，妳的資訊確實頗具啟發性。」白鑞說。「賽斯，希望你沒忘記你之前還提了另一個非常好的問題。絲奎小姐，我相信是時候該為我們解答這件事了——在昨晚的遠景餐宴上，那神祕的第八個人到底是誰呢？」

29. 第八個座位

灌木叢中突然傳出一陣聲響，打斷了所有人的注意力。

賽斯馬上就想到誰有這麼高超的能力，擅長躡手躡腳地摸近偷聽，並隨時搜索機會好找他麻煩。

他抬起頭來，思考著是否該告訴他們蒂芬妮非常有可能潛伏在一旁，不過幾秒鐘後，灌木叢又恢復平靜。也許只是隻鳥吧。安卓莉繼續原本的對話，而她說的內容讓賽斯著實吃了一驚。

「餐桌上的第八個座位不是為住在這裡的客人所設。有人邀請我們在這裡舉辦遠景選拔會，並且也申請了加入艾樂舍，希望我們一併列入評審。」

賽斯終於聽懂她說的意思。「什麼？旅館裡有人想要展示自己的魔法能力，還提出了加入魔法世界的申請？誰？到底是誰？」他急於知道答案。

「霍瑞修・邦恩。」

「邦恩先生？邦恩先生覺得自己有魔法能力？」

原來這就是邦恩先生對這件事這麼興奮的原因——因為他自己也會參加那場晚宴。魔法界人士之所以會決定來到最後良機旅店就是因為這個原因，同時這也解釋了為什麼當泰洛迷斯博士中毒時，第一個向餐廳外求救的人會是邦恩先生。邦恩先生之所以能第一個到達現場，是因為他本來就待在餐廳裡。

附近的灌木叢裡傳出更多騷動，讓所有人都轉頭去看。這次就不可能是聽錯了。翠鳥不情願地起身去看是怎麼回事，但馬上又走了回來，對他們搖搖頭。

安卓莉再次低頭查看筆記本。「賽斯，我想聽聽你的意見。你怎麼看你的老闆邦恩先生？」

對於邦恩先生的人，賽斯能說的可多了。但他有預感，安卓莉感興趣的並不是邦恩先生有多刻薄和懶惰。

「他為我們施展了非常令人驚豔的魔法。」安卓莉一邊說，一邊翻著筆記頁面。

賽斯越來越不敢相信自己聽到的話。想當然爾，邦恩先生一定也是個騙子，他只是想用欺騙的手法躋身艾樂舍，拿到圖書館閱覽證，然後博覽那些神奇的魔法書，並把自己訓練成魔法師，一定是這樣吧？邦恩先生一定是找到了某種方法，讓他能夠展示令人印象深刻的把戲。

「他做了什麼？」賽斯問道。

「他用兩個雕刻出來的蟲子模型施展了魔法。」

「那是亨利的。」賽斯喃喃說著。「他空閒的時候都在刻它們。邦恩先生用雕像施了什麼法術？」

「很少人有足夠的技巧能完成他所施放的魔法。」她用食指纏繞著長髮裡那股紅色的長髮束。「非常驚人。」安卓莉仔細地讀著筆記所述，然後才皺緊了眉頭繼續說下去。「我不知道他怎麼做到。如果那是詭術的話，也是非常優秀的技巧，看起來非常像貨真價實的魔法。」

「他對亨利的動物雕像做了什麼事？」

賽斯覺得她會說他把雕像砸碎，或是燒掉。那種戲劇化的舉動應該會抓住所有人的注意力。

「要我說，如果當時餐廳裡真的有人擁有足夠強大的魔力，可以通過翠鳥在遠景選拔前施放於門上的法術，那應該就是你的老闆了。」

賽斯再也忍不住了。「他到底做了什麼？」

「活化。他讓那些小雕像動了起來，他給了它們生命。」

30. 對冬青的怨恨

派博靈教授的身影從交誼廳的門中出現，而拖著雙腳跟在她身後兩步距離的葛蘿莉亞正用手扭著開襟毛衫的袖子，滿臉不情願。

「啊，教授，很高興妳能加入我們的討論，想要來杯咖啡嗎？」

「你要把我們困在這裡多久？」她質問道。

「或者妳比較喜歡喝茶？」白鑞說。「不過還請接受我誠摯的道歉。我們沒有餅乾了，都是我的錯。」他還是遞了一杯咖啡給她。

派博靈教授端著胸中的一口氣，但還是拿過杯子。「你不能把我們關在這裡。」

「我倒是認為，因為發生了謀殺案，所以可以。」白鑞喃喃自語著。

賽斯根本沒在聽。怎麼搞的，邦恩先生到底為什麼懂得如何使用魔法？

教授的氣勢懾人。「所以我們全都是嫌疑犯嗎？」她沒有停下來等待回答。「那麼我希望你認真調查那位自稱是魔法師的小個子藝人。昨天當我們結束牌局，所有人回房間換衣服時，他整路都跟著泰洛迷斯博士，一路跟進了博士的房間。我聽到他們在爭執。」

「爭執？」翠鳥語帶遲疑。「內容是？」

「我想他們應該有很多事情可以吵。他就是那種欺騙魔法社會的投機者，艾樂舍敞開大門接納進來的就是這類人，而這一切都要感謝泰洛迷斯博士和他那荒唐的招聘啟事。」

「妳不支持泰洛迷斯博士為艾樂舍帶來的改變嗎？」安卓莉闔上手中的紅色筆記本。

「魔法應為巫師所有。」派博靈說著便像鳥一般蓬起了身體，身上的衣服一陣翻騰，彷彿她也在重新整理自己的羽毛。「未經訓練的外行新人現在像垃圾似地汙染了整個魔法社群，托柏．泰洛迷斯年輕時的想法可完全不是這樣。那時他跟冬青．鱒豆的交情好到不能再好，兩個人喧喧鬧鬧地搞出一大堆把戲——著名的防盜警報器就是他們的發明，能夠讓小偷的身形瞬間膨脹好幾公分，沒辦法從原本的入口逃跑。所以你到底有沒有認真調查那個突然爆紅的小鬼？他要對那只甜點玻璃盤下毒簡直輕而易舉。他最擅長的就是這種伎倆。他以為只是因為他年輕，身高又矮，我們就會排除他的涉案嫌疑嗎？」

「下毒與否，很少跟年紀、體型有關。」翠鳥啾溜啾溜地拉著語調說。

派博靈教授猛地起身站直了身體，頭上那堆結構複雜又斑斕的頭髮顫抖著不斷向前點頭。「難道你想說那是我世姪女——」

賽斯覺得現在是回到廚房的好時機，便偷偷溜開。他聽到白鑞說了大家一定都餓了之類的話，提議旅館的交誼廳裡比較舒服，不如移到那邊等待早餐準備好。

所以，邦恩先生到底是想騙取艾樂舍的認同，藉此在魔法社會占有一席之地，還是他真的能施展魔法呢？只有一個方法能得到這個問題的答案。

賽斯必須著找到邦恩先生，並隨時盯著他。他現在得查出自己的老闆到底有什麼打算。

賽斯的心思還無法完全放下早餐的準備工作，所以他偷溜到廚房門邊，偷聽著裡面的聲音。

「只是炒蛋而已，親愛的小豆豆。」諾麗說著。「妳可以幫忙炒一顆就好。」

「為什麼不找爸爸跟亨利幫忙？」蒂芬妮抱怨。

「應該要問那個小鬼人在哪裡！永遠都只顧著他自己。看看他在幹嘛？說是因為涉嫌謀殺而被捕，要是依我看，那只是讓他擺脫工作的藉口而已。」

廚房裡傳來一股燒焦味。

「親愛的小豆豆啊，就連賽斯也知道怎麼炒蛋。」諾麗的聲音聽起來有些惱怒。

「妳在那間昂貴的學校裡到底都學了些什麼啊？」

賽斯不想讓諾麗．邦恩發現他躲在門外，以免自己被抓進去工作，所以馬上逃走了。邦恩先生不在廚房裡，那會在哪？邦恩先生到底在打什麼主意？

賽斯迅速朝交誼廳瞥了一眼。貴賓們正陸續聚集在交誼廳裡，他可以聽到他們儘量保持著對彼此的禮貌。但沒有邦恩先生的蹤影。

他安靜地跑回自己在閣樓的房間，想要趁機補眠的夜影在床上伸長了身體，彷彿一漥黑暗。

先前安卓莉曾告訴他，旅館被施了魔法，某種受到扭曲的魔法。到底邦恩先生是用什麼方法獲得魔力的呢？

賽斯在床尾坐下，思考著，一隻尖銳的爪子突然帶著責備襲上他的腳。

「我沒睡著，我還在想這整件事。」夜影迷迷糊糊地自言自語。

賽斯撫過她柔軟的毛。

他想到安卓莉對每樣東西都噴了一些亮藍色的光芒，又想到旅館的牆壁像是為了回應似地發出可怕的震動。

「像平常一樣把早餐留在碗裡就好了。」夜影喃喃地說。

賽斯延伸身體，將手臂舉向房間裡最長的那面牆，然後緩緩伸長了手指，略帶遲疑地靠向粗糙破碎的閣樓石膏牆面。有沒有可能，魔法其實就存在這裡呢？就在這些牆壁裡？

他緊張地縮回手指，連輕觸牆壁都不敢，彷彿他的撫觸會再次引發那股聲音。

「不要動來動去啦。」夜影突然發飆，對他的腳又來上一爪。

賽斯猛然把手指都收了回來。

「你分心了啦，賽斯。翠鳥還是想逮捕你，所以你該說服的人是他。你得在某個人身上找出可疑的地方。他們每個人似乎都有想要除掉泰洛迷斯博士的動機，但到底會是哪個人呢，賽斯？」

他摸了摸夜影。「假如是邦恩先生呢？」

「邦恩老頭？我那時也在桌子底下，我聽到他施展魔法的事了。這是你覺得最有可能的推論了嗎？」

「聽起來確實就像他施展了法術。」

賽斯拿出小黑書，再次翻起其中書頁，並在看到某張圖片後頓時整個人警覺過來。圖裡的裝置看起來就像一只燈籠，或是迷你的鳥籠，由內而外迸射出美麗而明亮的光束。這是螢火蟲之籠。他本來覺得這張圖片很漂亮，但自從安卓莉告訴他，他根本不會想知道螢火蟲之籠的作用之後，這張圖看起來就帶著某種詭異、嚇人的氣氛。為什麼這本書裡會有這張圖呢？

「那麼，他是怎麼做到的？」

夜影給的唯一回應是一陣呼嚕聲，彷彿吵架時發出的嘲笑，而且聽起來就跟鼾聲一模一樣。

「有時候我真的覺得，答案其實就在眼前，近到我只要伸手就能抓住它們。」賽斯輕輕推了她一下。「夜影？我要請妳幫個忙。我如果被諾麗看到的話，應該就沒機會監視邦恩先生了。」他心不在焉地把書放在床上，腦中忙於思考各種可能性。「但如果是妳，妳很容易就能監視他，而且也不會引起他注意。我需要妳留意是否看到他施展任何魔法。」

「留意邦恩先生有沒有使用魔法。」夜影睡意沉沉地呢喃著。「馬上去。」

即使邦恩先生真的在遠景晚宴上施展了魔法，這還是不足以解答如何讓毒藥進到那份甜點裡的手法。賽斯決定繼續回頭去找邦恩先生，他的腦袋一陣忙轉。這件事看來還有得耗了！

31. 頗有爆發力的組合

賽斯還沒能開始他監控邦恩先生的計畫，就先遇上了白鑞警探，並被帶往泰洛迷斯博士之前入住的房間。房門吱嘎開啟，露出顯得有些寂寥的客房；自從泰洛迷斯博士把那枚金幣塞入賽斯掌中之後，這裡就一片寂靜，沒人再動過任何東西。

他還記得泰洛迷斯博士的友善態度，畢竟他昨天才站在這裡。賽斯感覺喉頭一陣哽咽。

微弱的草本茶香縈繞在房間裡，兩只茶杯還放在精緻的小茶几上，當時那兩位老朋友就是坐在這裡聊天。

白鑞在口袋裡東翻西找，拿出一把巨大的放大鏡，然後開始檢查房門。

「你想要找出指紋嗎？」賽斯問道，此時白鑞已經轉向去檢查有著四根弧形床柱的大床鋪。泰洛迷斯博士的手提箱放在一旁，緊閉著。

「啊，指紋。」白鑞搖了搖頭。「我知道也有那種方法，聽起來很聰明，但我想情況應該會很混亂。」

賽斯走過去深吸一口杯中留下的茶漬氣味，想知道這裡是否也有當泰洛迷斯博士身亡時，他在餐廳裡聞到的那種難以忘記的刺鼻味道。但是，這個房間裡完全沒有那種氣息。他的鼻子告訴他，這杯子裡單純只有茶而已，而另一杯則還加了一些香草，也許是綠薄荷。

此時白鑞躺上床，整個人伸展開來。他的身高超過六呎，即使在這張巨床上，他的腳也還是掛在床外；他開始翻看放在床頭櫃上的書。

賽斯預期那會是一本從艾樂舍圖書館裡借出來的魔法文獻，但卻發現是阿嘉莎・克莉絲蒂寫的推理小說。就是諾麗・邦恩在讀的那種，有時候還會輾轉傳到賽斯手中。這本是《史岱爾莊謀殺案》。這類故事裡通常都會有人被謀害，接著所有人就開始面面相覷，猜想誰會是下一個。

「你之前說需要我幫忙？」

「沒錯，我的確需要。我們正在尋找線索。」白鑞說。「準確來說，我們希望能找到泰洛迷斯博士留下的線索，好了解他到底來這裡做什麼。」

「不是為了評審遠景選拔嗎？」

「他說自己是為了這件事而來，」白鑞說。「但人不一定總會說實話，對吧？」

白鑞偷偷瞄向賽斯，男孩正努力不要面帶愧疚地撇開視線。賽斯有各種問題想問，像是白鑞怎麼看待邦恩先生會使用魔法這件事。但要在提問的同時不洩漏那些本該保密的事，這就難了；比方說，賽斯就不能提到安卓莉會跟牆壁說話。她告訴過他，她用探測手杖調查旅館內魔法的這件事必須保持絕對保密。

「你和絲奎小姐看起來感情不錯。」白鑞的話打斷了賽斯的思緒，不禁讓他留下一種不舒服的感覺，彷彿白鑞已經知道賽斯正想到安卓莉。「她有沒有告訴你，她真正在做的事呢？」

「真正在做的事？」賽斯的心思飛向安卓莉和她那把手杖。她是怎麼跟他說的？某種他聽不太懂，跟漣漪有關的東西。她先是逼他發誓一個字也不能洩漏，然後就說出她其實在旅館裡發現了魔法的蹤跡。但她沒有解釋這些話是什麼意思。身為泰洛迷斯博士的助理，這種行為真的很奇怪。為什麼她要搜尋魔法呢？而且她說自己從來沒看過那樣的魔法，這又是什麼意思？

賽斯望進白鑞那雙淺藍色的眼睛裡，感覺自己默默吞了口水。他知道，自己還沒擺脫嫌疑。他看到白鑞的眼睛散發出一陣深藍色，彷彿他可以讀出自己的每一個念頭，知道每一件他急於隱藏的事：安卓莉拿著手杖到處亂敲、噴出藍色的火花，還讓他發誓要保持沉默。還有，當他不小心說出自己聽過螢火蟲之籠時，她幾乎就要用火花掃射他了。他一定不能再讓人發現自己知道任何的邪惡魔法裝置。

「你相信她對你說的每件事，是嗎？」白鑞用愉悅的語調繼續說著。「你很相信她嗎？」

賽斯想了一下。

然後想起來，他其實根本不信任她。

他沉默的時間太久，可能已經間接出賣了自己。白鑞正盯著他看，淺藍色的雙眼閃動著光芒，彷彿透過高處窗戶看見的一小片天空。

「她告訴我有關紅纈草的事，長官。如果大家都知道他是泰洛迷斯博士的敵人，難道你不能逮捕他嗎？」

「這是她說的嗎？也是，把我也拉進去的話會是個不錯的計畫，畢竟紅纈草這個人一直讓魔警隊很頭疼。事實上，與其說讓我們頭疼，不如說他動員了他的追隨者，安排出各種極端令人不快的死亡事件。」白鑞盯著他好幾秒鐘，視線讓人覺得不舒服。「但有個難題讓我們無法將他緝捕到案：我們不知道他是誰。有些人甚至不相信他真的存在，甚至覺得那只是一個用來嚇唬小朋友的名字。」

白鑞在泰洛迷斯博士的手提箱旁蹲下，打開扣鎖，小心地檢查翻找。

「你很認真在了解魔法史，這點令我印象非常深刻。我很想知道你的看法。」

「我的看法？」賽斯絞盡腦汁，想要提出任何可能有幫助的觀點。「泰洛迷斯博士的政策——這些政策引發了某場叫做『創傷日』的戰事，對嗎？而且因為這件事，四十二名巫師在爆炸中失蹤了？」

「沒錯，很不幸地這是事實。」

賽斯看著白鑞拿下牆上的巴哥犬照片，並檢查照片的背面。雖然不是第一次了，但他開始懷疑起白鑞的警探技巧。他很想離開這裡。他想要去找邦恩先生，而不是待在這裡尋找似乎只有白鑞深信存在的線索。

「泰洛迷斯博士在尋找值得成為學徒的人，」賽斯小心地繼續說道，「但他同時想讓每個人都參加遠景選拔，即使是那些來自魔法家族，認為自己天生有權加入艾樂舍的人也一樣？所以這讓他有了敵人。」

「你說的沒錯；有些人的確公開批評過這樣的狀況，說魔法世界在泰洛迷斯的治理之下，根本是對任何一個能彎曲湯匙的瘋子張開懷抱。我們正處於巫師世界的黑暗時代。好了，你應該是要來幫我一起搜索的。」

賽斯看著警探。

「問題是，長官，旅館的房間裡其實沒有多少地方可以藏東西。」

「問題是，」白鑞邊拿起枕頭，檢查床底。「昨天晚上每個人都上床睡覺之後我把這裡搜了一遍，但有人在我之後進來過這裡。」

賽斯看了白鑞周圍一圈，然後又回來看著他。

「我們只能希望他們的尋找任務沒我這般順利。」白鑞說。「好了，賽斯，現在要指望你了，我漏掉了哪裡？」

賽斯再次環視四周，房間看起來真的就像沒人碰過一樣，他完全不曉得該從何下手。「呃——你怎麼確定有人進來過這裡？」

「因為昨天晚上搜索完房間之後，我在這裡下了一道咒語，」他拿出放大鏡，開始檢查地毯。「但是有人通過咒語了。」

「你怎麼知道？」

「雖然說指紋有點超出我的能力範圍，但我總會有些屬於我的小技巧。」

白鑞再次透過那個賽斯一直以為是放大鏡的東西檢查房間，但經過賽斯仔細觀察，他懷疑那真的能放大任何東西。他猜白鑞用它應該別有目的。

「那也是某種魔法裝置嗎？就像泰洛迷斯博士喜歡發明的那類東西。」他問。

「就算這是魔法裝置，也沒辦法告訴我犯案的兇手是誰。」白鑞拉高了聲音，話中帶著出乎意料的怒意。「我們現在手上握有的證據是，有人發現了一種非常聰明的方式能通過魔法咒語。這個人幾乎是來去自如地在這間旅館裡到處走動、隨意做他們想做的事，並去到他們實在不該去的地方。如果真要說我討厭什麼事情的話，那就是我討厭被對手領先一步。現在我們得在他們得到之前，先把他們想要的那樣東西找出來。」

賽斯剛才看著他仔細搜查了整間客房，從床上一路翻到手提箱，甚至看了照片的背面。他到底能找出什麼呢？他想找到怎樣的東西呢？

賽斯試著集中注意力，想像自己是泰洛迷斯博士，而這是他的房間。假設白鑞的推論正確，那麼博士便迫切想要隱藏某樣物品。而他們之所以到現在都還沒找到的原因，是因為那樣物品非常小。可能會在哪裡呢？

「你還沒看過衣櫥的頂端，長官。」

「事實上我檢查過了。」

「這個衣櫥頂端有一圈凹槽。我會知道是因為我負責打掃這裡，而那個凹槽常會卡住各種東西。」

白鑞跳了起來，在賽斯的注視下，有條不紊地把衣櫃的每一邊都摸了一遍。他伸長手臂往更遠處摸去，然後突然停下動作，並發出「啊！」的一聲大叫。

賽斯知道，白鑞終於摸到某樣東西了。那樣東西很小，小到可以塞在白鑞緊握的掌心裡。

賽斯不自覺地慢慢探過頭去，鼻子幾乎要碰到白鑞的手掌。白鑞攤開拳頭，兩人一起注視著那個小小的東西。那個物體躺在他手上，蒼白短薄、略有疙瘩，表面有著細小的刮痕。

這到底是什麼？

「這看起來像是……小動物的骨頭。」賽斯不想把閃進自己腦中的第一個念頭說出來：這看起來像小嬰兒的手指骨。

「那裡面平常就會有這種東西嗎？」白鑞問賽斯。

賽斯搖了搖頭。「絕對沒有。負責打掃房間的是我，而諾麗．邦恩會確保我做的每件事都符合她的嚴格要求。她為頂級貴賓房所設下的標準已經到達瘋狂的地步，每樣東西都要打掃過兩次，甚至包括房門門板的頂端也是。這個東西在泰洛迷斯博士抵達之前絕對不在這裡，一定是他自己把它放上去的。可是，這是什麼？這是很重要的東西嗎？」那是一根外表蒼白、有著微微凸起的細枝或骨頭，看起來簡直不起眼到不行。

「一定就是這個了。」白鑞說。「這就是泰洛迷斯博士藏起來的東西，也是另外那個人在找的目標。」

「就是它？」

「這是泰洛迷斯博士之所以來到最後良機旅店的真正原因。」

他們兩人瞪著那個看起來像蒼白樹枝的迷你物體。賽斯仔細觀察了一陣，開始覺得那些刮痕可能是細心雕刻於表面的符號和徽章。不過，就算知道這一點，也還是無助於了解它的真面目。

白鑞清了清喉嚨。

「我想，這可能是把鑰匙。」

「長官，你是說鑰匙嗎？」

白鑞整個人沉浸在自己的思緒裡。「這表示泰洛迷斯博士來到這裡的真正目的是要鎖上某樣東西。或者也有可能是打開……」白鑞撓了撓他的左耳。「你有任何想法嗎，賽斯？」

在賽斯回答之前，一陣刺耳的尖叫劃破空中。

32. 臥房裡的幽靈

賽斯和白鐵迅速衝向尖叫的來源，剛好趕在戴林德・鄧斯特—鄧斯特伯和馬爾德伯爵前面。戴林德和馬爾德當時剛好並肩踏上二樓的階梯平臺。他們四人抵達葛蘿莉亞・鱒豆的房間時，派博靈教授正忙著安撫鱒豆。

「有個令人震驚的消息，」派博靈教授壓低了嗓音向所有人說。「我們有幸連絡上了泰洛迷斯博士。」

「這句話是什麼意思？」馬爾德伯爵問道。

「連絡？」翠鳥從後面擠到最前頭。「他寫信給妳們嗎？跟他為什麼受到謀害有關嗎？給我看，把信給我看。」

派博靈教授拍了拍手，並誇張地在頭上揮了揮。「不是用那種方式。」她讓至一旁，並用手肘將膽怯的葛蘿莉亞往前推。「葛蘿莉亞，告訴他吧。」

葛蘿莉亞拉高腳上穿的白色襪子，站起身，面對擠進她房間裡的所有人。「已經死去的他想要和我們連繫。」她宣布，語氣聽起來異常自豪，月亮般的臉上還染了一絲紅暈。「我在我房間的角落看到了一個模糊的人影。」

「等一下，」翠鳥瞇著眼說。「妳所謂的連絡對象是指鬼魂嗎？」

「他的靈魂一定正困擾地在這裡徘徊。」教授邊說邊哀傷地搖著頭。

「感到困擾的可不是他呀。」翠鳥喃喃碎念著。

葛蘿莉亞・鱒豆猛地抬起頭來：「有東西出現在我房間裡。是幽靈，我看到它了。」

一片難看的深色紅暈襲上葛蘿莉亞的臉龐。

「幽靈跟妳說話了嗎？」翠鳥的話裡帶有濃重的懷疑。

葛蘿莉亞停頓了會，才回答那個問題：「沒有。」

「妳怎麼確定那就是泰洛迷斯博士？」不知道從哪裡趕來的安卓莉問道。「妳看到他的臉了嗎？」

「難道妳還知道有哪些受困的靈魂在附近徘徊嗎？」派博靈指出這一點。

「總之，這個幻影說了什麼？」翠鳥帶著嘲笑，問了另一個問題。

派博靈教授一身如鳥類羽毛般的美麗服飾全倒豎起來。「他在葛蘿莉亞面前現身，我們應該試著再去了解他到底想說什麼。」

「我想我已經知道他要說什麼了。」葛蘿莉亞說。

「指認殺害他的凶手嗎？」鄧斯特─鄧斯特伯一臉興奮地提出自己的猜測。

葛蘿莉亞搖搖頭：「是比那更重要的事情。」

翠鳥轉向馬爾德伯爵：「你對這整件事有什麼看法？」

人也進到小房間裡的馬爾德伯爵剛才都在人群後方徘徊，他若有所思地沉默了好一會，然後便擠著肩膀向前穿過人群，站到滿臉通紅的葛蘿莉亞面前。

他一把抓住她的手：「我說啊，這消息真是太好了，是很大的突破！他真的試圖要跟妳說話嗎？」

「當時他看起來只是一團陰影，而且瞬間就消失了。」

「這樣妳就能肯定那是泰洛迷斯博士？」翠鳥嘲笑道。「因為他是個矮小的老頭子？」

葛蘿莉亞沉下臉來瞪著他。「雖然它看起來像一團灰色的影子，但只有可能是泰洛迷斯博士，不是嗎？」她又跺了跺那雙擦得晶亮的黑鞋。「我之前就告訴過你，他跟我們家族的關係非常密切。」

「那個東西當時出現在哪個位置？」安卓莉問道。

葛蘿莉亞對著角落揮了揮手，所有人都轉頭去看她指的地方──主宰房間那一角的是一張真人大小的肖像照，照片中的女人穿著黑衣，臉色陰沉，眼神滿是不以為然。

所有人都看著照片中那名可怕的女人，她看起來就像這輩子從來沒過上一天好日子。賽斯不禁想著，怎麼有人能夠忍受每天晚上都在那張臉的注視下入睡呢？他猜，此時大家心裡也應該都有同樣的念頭。

「我想應該任何人都會被這張照片嚇到。」馬爾德伯爵輕聲說著，然後便走了開去。

但這時安卓莉卻開始用手摸索照片的裱框，甚至掀起來查看背面。「妳看到的那個形體會不會其實是房裡物品的一部分？」

「我才不是被肖像照嚇到。」葛蘿莉亞為自己辯護。

安卓莉的雙手刷過照片的表面，賽斯猜她此時一定很想用探測手杖朝照片噴上一大堆火花，但他知道，她不敢在這麼多人面前那麼做。

派博靈教授傾過身激動地對馬爾德伯爵說：「看來葛蘿莉亞的魔法造詣有了讓人非常興奮的進步啊。我提議我們測試一下她的能力，看她能不能再連絡上博士。」

「妳這是什麼意思？」翠鳥插進話來。

「我們得和泰洛迷斯博士說話才行。我建議，我們舉行一場降靈儀式。」

33. 祕密

翠鳥爆出大笑，而葛蘿莉亞・鱒豆的臉色從一片不均勻的怒紅轉成了生病似的死白。

「我的年紀也許很小，魔力可能也還沒發展完全，但我來自古老的魔法世家，我有辦法說出巫師上將的許多事蹟，每一件都足以讓你們震驚不已。」葛蘿莉亞怒氣沖沖地頂了回去，眼中閃著精光。「我知道為什麼他想跟我說話。我希望他是想要道歉。」

馬爾德伯爵轉過身問：「為什麼事情道歉？」

葛蘿莉亞再次開口，聲音變得越來越尖銳：「現在該是你們好好聽我說話的時候了。泰洛迷斯博士之所以對我現身，是因為我知道他的祕密。」

「他的祕密？」馬爾德又複述了一次。

她猛然轉過身來，指責似地將一根手指胡亂指向前方。「我的祖父發明了這個時代最精巧的魔法裝置之一，但卻被泰洛迷斯博士欺騙，沒有辦法得到應有的功勞！」

「親愛的，別再說了。」派博靈一邊輕聲嘟噥，一邊朝向被馬爾德伯爵和翠鳥圍繞著的葛蘿莉亞那邊擠去。

「好了，派博靈教授，我受夠聽從妳的建議了。居然還讓我穿上這種可笑至極的鞋子。」她轉過身，重重地跺了幾下。「妳只會對我造成干擾而已，妳根本不相信我能靠自己的才能通過遠景選拔，進入艾樂舍。我的魔法能力就是能夠看到死者，我不會再受任何人欺騙，不會再覺得自己的魔法天賦永遠都無法得到認同。」

「但還是請妳小心自己接下來要說的話啊。」派博靈教授發現自己被擋在人群外面。

「什麼祕密？」安卓莉問。

「對，快告訴我們。」戴林德．鄧斯特—鄧斯特伯說。

葛蘿莉亞朝眾人看了一圈，將雙手交疊在身前，眼睛閃爍著光芒。「是啊，你們終於肯聽了。」

馬爾德伯爵用手臂將派博靈教授擋開，教授從伯爵的手臂下方露出一隻眼睛，說：「親愛的，我想大家都沒興趣聽這些無聊的事。」

葛蘿莉亞忽略教授，沉浸在自己說的話中：「你們都知道泰洛迷斯博士和我祖父冬青．鱒豆之間那段著名的故事。他們年輕時是非常要好的朋友，每個人都會笑他們那些瘋狂的發明物和惡作劇。但你們真的知道他們最後因為什麼事而鬧翻嗎？」她的雙眼瞇成了縫，臉上掛著得意的微笑。「那是一段非常可怕的故事。」葛蘿莉亞充分利用了這個戲劇化的片刻。「那位所有人都讚不絕口、受到極大讚揚的泰洛迷斯博士啊，是時候該讓大家知道他真面目了。」

「葛蘿莉亞，別這樣！」派博靈教授大喊著，徒勞地想跑到她旁邊。

但馬爾德伯爵刻意擋住她。「我認為我們應該聽聽她想說什麼。」

「那件事之所以要保密是有原因的。」她發出尖銳的警告。

「我的祖父和泰洛迷斯博士創造了那項裝置。」葛蘿莉亞極為樂意地忽略派博靈教授，毫不猶豫地繼續說著。「但當泰洛迷斯博士意識到他們創造出什麼樣的東西，並了解那個物品含有的可怕邪惡力量之後，他卻臨時退縮，接著那樣東西便消失了。托柏・泰洛迷斯指控我的祖父為了發財而偷取並轉賣那項裝置，而我的祖父從來沒機會證明自己的清白。」她將身體站得更挺，嗓音低沉而不祥。「這件事讓他心碎。泰洛迷斯博士永遠地玷汙了鱒豆家族古老且高貴的名聲，他應該為此負責。」

派博靈教授最終扭曲著身體掙脫束縛，衝向前去抓住葛蘿莉亞。「非常抱歉，我們最好讓葛蘿莉亞一個人躺下來靜一靜。」她試圖把所有人趕向門口，但大家走得非常不情願，每雙眼睛都震驚地釘在葛蘿莉亞身上。「她真的不曉得自己在說什麼。」

「我才不需要休息，」葛蘿莉亞說，試圖掙脫教授的掌控。「而且我很清楚自己在說什麼。」

「所以到底是什麼裝置？」停在門廊上的馬爾德伯爵問道。「妳現在指責托柏發明出來，卻又心生恐懼的裝置是什麼？」

「伯爵，難道你不知道嗎？你最要好的朋友得為這項發明負起責任。它既邪惡又令人害怕，是巫師世界中最怪誕、最邪惡的發明之一。你們優秀的泰洛迷斯博士發明了螢火蟲之籠。」

34. 我們都知道他的立場

「這是充滿惡意的謊言。」一個嚴肅的嗓音打破了因葛蘿莉亞的震驚發言而帶來的沉默。每個人都轉向馬爾德。在這片面無表情的臉孔之海中，他殘缺的臉就像悲劇的化身，凝結在受到驚嚇的那一刻。

「托柏從來沒發明過那個地獄般的裝置。他根本不可能發明那種東西。他挺身反對濫用魔法，抵抗各種邪惡的法術，一直努力對抗著這一切。」

「博多，我們都知道他的立場。」白鑞說著，用手安慰地拍了拍馬爾德的背。「我們都知道他後來成為了一位多麼偉大的人。」

「後來？」伯爵疑惑地問。他轉向安卓莉。「絲奎小姐，妳和他密切合作過，難道他不是妳認識最善良、最慷慨的人嗎？他的人生準則就是協助魔法世界的人民充分發揮自身的魔法才能，並致力讓魔法成為善的力量。他根本不可能發明那種殘酷的裝置。」他的雙手因為極度不安而動來動去。

「但是誰能毫不遲疑地，說自己年輕時不曾發明過任何擁有巨大致命魔力的殘酷裝置呢？」白鑞的語氣溫和，彷彿只是提起某件令人安心的事。「你告訴我任何一位偉大巫師的名字，我就能告訴你另一個有著祕密的偉大人士。有時候，年輕時所走的歧途反而會播下崇高成就的種子。」

賽斯要非常努力才能壓下自己想要突然大笑出來的衝動，他最終咳了一聲，掩蓋過去。

「所以你覺得他真的曾經發明過邪惡的魔法裝置？你相信他真的製造出螢火蟲之籠這麼駭人聽聞的東西——你相信他是那個邪惡之物的創造者？」馬爾德接著說。

「馬爾德伯爵，」安卓莉的回答帶著深思熟慮。「我認為將魔法用於善良的一面，就代表了不斷抵抗邪惡魔法的強大拉力。」

「誰能在年輕時就做出一切明智的決定呢？」白鑞開朗地說著。「在人生初期犯的錯能讓你獲得早熟的智慧。博多，人們不都是這樣說的嗎？」他又拍了拍馬爾德伯爵的背。「誰在乎他以前犯的糟糕錯誤呢？」

賽斯看著馬爾德的臉。如果說這張臉先前因為好友之死而一蹶不振，那現在更因為聽到這種可怕指控而變得更加憔悴。

「先生，坐下來休息一下也許會對你有些幫助。」賽斯向馬爾德建議。「您要不先前往交誼廳，讓我去幫您泡茶。」賽斯說出提議，便看到白鐵點頭望來的眼神。

賽斯很高興自己有理由溜走，雖然他也很想知道其他客人在聽到泰洛迷斯博士的糟糕往事之後，是否相信這樣的指控。

不過，他還沒忘記自己應該去監視邦恩先生。他突然意識到，當葛蘿莉亞尖叫時，邦恩先生並沒有像其他人一樣跑來查看。那他人會在哪呢？

不知道夜影的任務進行得如何了？她查出邦恩先生到底是巫師還是騙子了嗎？她查到任何可以分享的資訊了嗎？

此時賽斯說服自己，就算他晚一點端茶過去，交誼廳的客人們應該也不會注意到。他只需要偷一點點時間就好。不知道夜影在什麼地方？希望她不會倒頭又睡回床上，她現在應該要在跟監才是。

他躡手躡腳地溜進大廳，並在接待櫃檯旁停了一下。櫃檯後方掛了一張掛毯織錦畫，畫中的小女孩穿著黃色洋裝，剛好蓋住了通向邦恩先生迷你書房的祕密入口。

有沒有可能，邦恩先生現在就在那裡頭呢？賽斯試著想像邦恩先生坐在書房裡，深埋魔法教科書中偷偷練習咒語的樣子。也許自己現在能將他抓個正著？他已經很久沒看到邦恩先生了。

他偷偷潛進接待櫃檯，試圖聽出書房裡有沒有人的跡象。

他將掛毯推至一邊，並把迷你小門打開一條縫，讓他剛好能看到房間裡漆黑一片。所有人都不准進入書房，賽斯自己從來都只有從這裡往內張望的分。他以前都認為邦恩先生每天跑來這裡的目標就是閒晃，越閒越好，也許是默默逃避工作、翻閱報紙，或是小睡片刻。

不過，不知道邦恩先生最近有沒有進來，偷偷找到能夠施展魔法的方式？

「你不是應該在廚房裡嗎？」他身後突然有個聲音說道。

賽斯整個人跳了起來，一轉身，就被諾麗・邦恩那充滿蘭姆酒的鼻息撞個滿臉。她還來不及對他大吼，他就已經衝向廚房了。

他不情願地走進廚房，意志消沉地去拿水壺。他該怎樣才能偷空去做任何調查呢？他這樣又要怎麼找到邦恩先生呢？賽斯只能希望夜影的運氣好一點。

接著他就看到了邦恩先生。

活生生的邦恩先生就在他眼前，正站在水槽邊，幾乎像在發呆似地，以非常、非常慢的速度清洗著巨大的碗盤堆。

賽斯在一旁揀取足夠數量的杯子，並拿了他所能找到的最大一只茶壺，全程低著頭。他時不時地朝自己的老闆投去視線，不斷思考著該怎麼向他攀談，並把話題引導至他偷偷練習魔法的方式。他到底如何能夠賦予亨利雕的小蟲生命呢？賽斯急切地想要知道真相，但他怎樣才能讓邦恩先生說實話？

那一定是個騙人的戲法，而且技術精巧到甚至能騙過安卓莉。但他實在很難相信邦恩先生有辦法做到這種事。他到底怎麼做到的？

賽斯在單耳壺裡慢慢注入牛奶，並把所有茶具集合放到托盤上，他重新整理腦中所有思緒，想要找出那個能解釋所有謎題的答案。

他轉向邦恩先生，想要知道他到底是不是真的巫師。但當問題已到嘴邊，賽斯卻只能注意到他鬆弛的臉上有多少皺紋，而他的手正規律地將一只盤子重複浸入充滿泡沫的肥皂水中。賽斯很努力想在他身上看出強大巫師的身影，而不把他當成那個他多年來為之賣命的懶人老闆。

「賽斯啊，那些客人們，」邦恩先生說話時用手抹了眉頭，在上面留下一道泡沫。「他們不會真的相信那個老傢伙是你毒死的吧？他們不會真的把你帶走，對不對？」

「先生，我不知道。這裡頭有很多我不懂的細節，況且現在連這間旅店本身都開始變得像是謎題了。」

賽斯端起放了巨大茶壺、杯子和牛奶壺的沉重托盤進入走廊，然後停了下來。他突然意識到，他的回答和安卓莉告訴他的完全一樣。她從一開始就是這麼說的——所有問題的答案都在這裡，早在舉行遠景選拔之前就已經存在這間旅店裡了，而她覺得賽斯一定已經擁有全部的答案。

只可惜他沒有。真的就是沒有。

也因為這樣，賽斯便剛好在此時看到有個人影走上樓梯頂端。他立刻將托盤放上交誼廳裡某張矮桌，然後再次從交誼廳後方溜走，悄悄地跟上了樓梯。

35. 看著悲劇在眼前展開

他躲在陰影裡偷看。

安卓莉逐一檢查了掛在二樓階梯口的每一幅畫，靈巧的手指輪流滑過畫的邊框。藍色火光照亮了整個空間，引得躲在一旁陰影裡的賽斯看得入迷。她皺起了眉頭，賽斯看到她拿出紅色筆記本開始記錄。

「賽斯，你能不能告訴我一些關於這些畫作的事？」安卓莉的視線完全沒從筆記本上移開。

「呃，我……」賽斯走出陰影，一臉尷尬。而戴著瘋狂帽子的女人正從走廊底端的畫中咧嘴對著他笑。

「我不知道有什麼可以說的，真的不知道。妳現在在做什麼啊，安卓莉？妳覺得這些畫跟任何事情有任何關係嗎？」他最後的問題問得很彆腳。

「問得很好，賽斯，你覺得它們有什麼關聯？」

「妳是指跟凶手嗎？」

「我在想的是這些畫作彼此之間。」她咬著下唇皺起眉頭。「這有件事情很怪，是某種我無法理解的東西。」她將筆記本收進深紅寶石色的手提袋裡，並關上手杖的銀製頂端。「我一直說你其實比你自己想像中更了解謎題的答案，」她靠近賽斯，深色的眼睛閃爍著危險的光芒。「我唯一不確定的是，你是不是真心地覺得不把答案告訴別人是個正確的決定。」

他揉了揉脖子，想起上次自己只是溜嘴說出之前看到的東西，安卓莉就用她那把魔法手杖的頂端緊緊壓著他的喉嚨。

這是上次提到螢火蟲之籠時發生的情況，可是現在沒有其他選擇了，他必須再冒一次險。他現在極度渴望知道到底什麼是螢火蟲之籠，為什麼當有人提到它時，所有人的反應裡都帶著非常深的恐懼？

安卓莉告訴過他，泰洛迷斯博士曾經是魔法科學的發明家，而翠鳥也明確表示泰洛迷斯博士曾經與冬青．鱒豆一起發明裝置。

但是，有沒有可能，和藹的泰洛迷斯博士真的發明了某種恐怖的魔法裝置？那項裝置的作用是什麼？

「葛蘿莉亞提到的螢火蟲之籠……就是她說泰洛迷斯博士和她祖父一起發明的那個

東西……它到底有什麼可怕的功能？妳現在得告訴我，到底什麼是螢火蟲之籠？為什麼每個人都那麼震驚？」

賽斯聽到安卓莉急促地深吸了一口氣。上一次安卓莉光是聽到他提起螢火蟲之籠，就打算朝他噴出看來極為致命的藍色火花，這次倒是完全沒有這樣的意圖。不過賽斯還是發現自己早已緊繃起來，準備好面對她可能會有的反應。

「那是一座監獄，一種用來囚禁巫師的殘酷方式。」她語氣平靜地說，翻開手杖頂端的銀色杖端。「這些巫師的身體會困在其中，但卻有一樣東西不受拘束：他們的魔法。賽斯，這是非常可怕的裝置，意味著其他人可以將巫師關在螢火蟲之籠中，然後奪取他們的魔法。」

賽斯很難想像那種情況到底可怕在哪，但他看得出來，這種裝置對擁有魔法的人來說的確是會打從心底感到恐懼。

不過現在真正讓他困惑的是，為什麼那本小黑書裡會記錄著螢火蟲之籠呢？

賽斯一邊返回交誼廳，準備幫茶壺回沖熱水。從白鑞、馬爾德和翠鳥抬起頭來看著他的方式，他知道他們現在一定在討論重要的事情。

安卓莉跟在賽斯身後一起進入房間，並在繞著矮桌擺放的其中一張懶人椅上坐下。某種不可動搖的陰鬱氛圍似乎盤據了整間交誼廳，賽斯覺得自己應該幫暖爐補點新柴，也許能讓氣氛愉快一點。

「對於鱒豆小姐建議我們舉辦的降靈會，我必須說，這想法實在太好了。」白鑞向眾人說。「那就暫定一個小時後在餐廳集合，大家覺得怎樣？翠鳥先生，能不能請你負責必要的準備呢？太好了，謝謝！」

翠鳥看起來並不喜歡這個決定，但還是起身離開，去做白鑞要求的事。

「我的想法是，如果泰洛迷斯博士尚未消散的靈魂還在這間旅館裡徘徊不去，那我們應該能在餐廳裡找到他。」白鑞沉思著，一邊用長手指敲著桌面。「我想這應該能帶來非常多有用的資訊。」

馬爾德用力點了點頭。「只要你覺得有助於釐清這樁嚇人的神祕案件和困境，任何事情我都願意做。」他用手抹過眉毛。

此時傳來一陣熟悉的細碎腳步聲，讓賽斯瞬間又繃起神經。

蒂芬妮走進交誼廳，她的膚色發亮，臉龐透著光。房裡每張臉都轉過去看，但蒂芬妮卻逕自轉向賽斯，緩緩拉開一臉邪惡的壞笑，讓賽斯心底升起畏懼。一看到她的表情，賽斯就知道有不好的事要發生了。

「只是想告訴你們幾件小事，各位應該會覺得非常有趣。」她帶著少女般的咯咯笑聲對房裡的所有人說。「我不確定這些事情能不能提供任何幫助，希望可以啦。」

接著，賽斯根本還來不及猜想接下來會發生什麼事，蒂芬妮就把他那本小黑書扔到眾人面前的桌上。

36. 吉伯特超酸醃黃瓜

賽斯眼睛直瞪著書。書躺在桌上，賽斯必須按捺自己想在其他人拿到之前就先早一步搶走的衝動。就在這一刻，隨時都可能有人會拿起那本書，然後翻到那份杏桃甜點的食譜與螢火蟲之籠的圖片。

蒂芬妮看著賽斯，臉上全是由輕蔑與得意混合而成的卑劣表情。她手裡還抓著的另一樣賽斯熟悉的物品。賽斯看著那瓶老舊的吉伯特超酸醃黃瓜玻璃罐在一陣吵雜的噪音中，帶著他的畢生積蓄滾動、橫越桌面，然後摔落地上碎裂開來，裡頭的硬幣散落堆積在地毯各處。

蒂芬妮一定是進了他的房間。蒂芬妮知道他所有藏匿祕密的地點，賽斯其實並不訝異。而現在，他積攢下來那一小筆珍貴的財產全散在地上，引得每個人都過來圍觀。就連翠鳥也走回來，站在一旁，彷彿就為了看賽斯羞愧的樣子。

蒂芬妮彎下腰揀起其中一枚特別突出的硬幣，夾在兩指之間，讓硬幣在光線照耀下閃閃發亮。

是泰洛迷斯博士給的那枚金幣。她把金幣丟給翠鳥。

「這是什麼？」他質問道。

「小費。」賽斯板著臉，悶悶不樂地回答。他感覺汗水刺得他後頸陣陣發痛。

「有人會把金幣當成給洗碗工的小費嗎？」蒂芬妮酸溜溜地說。

「是泰洛迷斯博士給我的。」賽斯的聲音細小。「因為我幫他泡了茶。」

邦恩太太從翠鳥手中抓過金幣仔細檢查。「這是真的金幣。你知道這值多少錢嗎？一枚金幣耶，只是為了泡茶？」她瞇起了眼睛，那張尖臉上堆滿惡意。

翠鳥拿回金幣，在指間一陣翻動，然後轉向白鑞說：「賽斯這小子的謊言根本沒停過，不是嗎？」

蒂芬妮注視著賽斯。他發現她臉頰上有一道短短的水平傷口，正緩慢滴出深紅色的血液。他覺得疑惑，不知道那是怎麼弄的。

賽斯試圖一寸一寸地往小黑書靠近。如果任何人看到那張螢火蟲之籠的圖片，他的麻煩就大了。誰還會相信他對魔法一無所知，而且從來沒聽過泰洛迷斯博士這個人呢？

「你們都知道這是什麼意思吧？」蒂芬妮拿回硬幣，語調甜蜜地說。「這恐怕是賽斯從泰洛迷斯博士那裡偷來的吧。他一定是先偷了硬幣，然後得知泰洛迷斯博士打算暴露出他的小偷行徑。你們知道這代表了什麼意思嗎？」她的眼中充滿欣喜的火焰，頓時拉寬了笑容，發出一陣令人討厭的狗吠笑聲。「現在我們知道為什麼賽斯要殺害泰洛迷斯博士了，就是為了讓博士沒辦法指責他偷東西！」

「我沒有偷金幣。」

他得在任何人翻看小黑書之前把書拿回來。

但當他想伸手拿書時，卻被蒂芬妮逮個正著。蒂芬妮因為比較靠近，馬上衝了過去搶先賽斯一步拿到小黑書。

「這本是什麼呀？」她語氣嘲諷，只拎著緋紅色的繩子就把外表非常破舊的黑皮書抓了起來。

隨著蒂芬妮站得比較靠近了些，賽斯注意到她的手背上也有好幾條彼此平行的長抓痕，上面閃爍著細小的血珠，跟她臉上的傷如出一轍。她看起來就像剛才和誰打了一架……賽斯只想得到一個對手能讓人留下這種長度的傷痕。

他感覺自己的心因為憤怒而沸騰。「妳對我的貓做了什麼？」賽斯緊咬著牙說出這句話。他幾乎就要撲向站在對面的蒂芬妮，想從她身上扭打逼出真相。

但她已經把小黑書翻開來看了。蒂芬妮兩隻眼睛因為欣喜而亮了起來，然後便開始大聲念出某些最詭異、最糟糕的手寫筆記和塗鴉。對其他人來說，有一點非常明顯的是——賽斯真希望自己當初馬上就發現這一點——筆記本裡寫著關於邪惡魔法的筆記。

「噢，這裡頭都寫了些什麼東西呀。這個看起來很有趣，居然還有圖片，是某種叫螢火蟲之籠的東西。賽皮，我記得這是非常、非常惡劣的魔法呀——你對這點有什麼想說的嗎？」

光從蒂芬妮臉上的表情，賽斯就能完全了解她有多享受現在的情況。

「螢火蟲之籠？」翠鳥驚訝地抬起眉毛，開始看那本書。

「妳對我的貓做了什麼？」賽斯再次大喊。

蒂芬妮瞇起那雙閃耀著光芒的藍眼睛。「噢，別擔心，我已經把她處理好了，賽皮，那隻噁心的卑劣動物不會再讓你有任何理由從廚房裡偷東西了。」

「把你的口袋清空，讓我們看看你到底還藏了哪些邪惡魔法裝置。」翠鳥命令道。

賽斯的長袍有一大堆口袋，裡頭放了許多小皮袋，他在花園裡看到生長的香草時便會採下來收集在裡面。他把所有的皮袋拿出來羅列在桌上，然後在旁邊擺上一團細線、一把拆信刀和一支迷你手電筒。他還拿出一把根本忘記自己帶在身上的馬鈴薯削皮刀，以及數量驚人的蘑菇。但是接下來，當他在其中最深的那只口袋中摸索時，他的手指摸到了某個非常奇怪、他根本不曉得是什麼的東西。

賽斯把那個物體拿出來，皺著眉頭看著它，然後才想起它的來歷。這是派博靈教授給的那顆奇怪堅果，教授說她站在樹叢旁邊時掉到她頭上。

現在當賽斯把它握在手裡，他的手指突然發現上面還有個奇怪的東西。這顆堅果有蓋子。原來這是偽裝成堅果的小瓶子，瓶子的材料就是一整顆堅果。賽斯想，事情真的越來越有趣了。

他把瓶子遞出去，看著翠鳥在仔細觀察之後打開了上面的蓋子。

從瓶中釋放出的香味瞬間把賽斯帶回前一晚那可怕的時刻，當時他在餐廳裡看著悲劇在眼前展開，看著泰洛迷斯博士逐漸死去。地板上那個人影的四周圍了一圈震驚的臉。還有那股氣味。這股氣味現在對他來說就代表了死亡。

這只偽裝成堅果的瓶子是派博靈教授給他的。現在他終於明白為什麼當教授告訴他應該更小心一點丟棄的時候，她還特意對他眨了眨眼。

派博靈教授覺得把瓶子丟出窗戶的人是他，而瓶子剛好卡在樹叢裡。她是想幫他掩蓋行跡。

賽斯想要開口說點什麼替自己辯護，但一句話也說不出來。他看到翠鳥眼中閃爍著決然，便得知翠鳥也已經知道那到底是什麼東西了。但就在兩個人都還來不及說話前，一道光芒從書中射出，炫目至極，讓賽斯不得不移開視線。

就像出現時一樣，光芒也消失得非常突然，彷彿有人突然打開又關上一把最亮的手電筒。即便如此，賽斯還是能勉強認出某個東西正在發光。書背上本來空白一片的地方，現在有了一行閃亮的印刷字體。

書從翠鳥手中掉在地上，安卓莉迅速過去將書撿走，然後湊上鼻子近距離讀出那些字。「上面寫著『維奇若克特』。」

她疑惑地看向賽斯，但他也沒有答案。他完全不曉得那是什麼意思。就在這時，房間裡突然響起安卓莉所說那幾個字的回音。那是一陣低沉的嘶嘶聲，聽起來就像是交誼廳的牆壁所發出來的，讓整間房間都跟著震動、隆隆作響。維奇若克特。

「那是什麼？」蒂芬妮不斷張望著四周，雙眼因為驚恐而瞠大。

現在每個人都看向賽斯，但他只能嘀咕說著自己完全沒概念之類的話。

蒂芬妮趁著安卓莉不注意時，快手把書搶了回來。她甩開安卓莉，快速翻著書頁。接著，蒂芬妮兩隻眼睛便閃起得意洋洋的光芒。

「噢噢噢，這真是太令人興奮了，賽皮，這一篇是什麼料理的食譜呀？杏桃派對？別告訴我你的食譜就是從這本書裡看來的，難怪泰洛迷斯博士一吃了甜點就倒地身亡。而且仔細想想，你居然還想把錯怪到我身上。」

37. 擁有真正魔力的人

賽斯坐在倒過來放的水桶上，用手理著不聽話的頭髮。他又被關進掃除用具櫃裡了。所以，事情就是這樣了吧。說到底，他還能有多少證明自己清白的機會呢？但是，夜影到底發生了什麼事？

賽斯感覺頭暈目眩。畢竟自己確實看起來嫌疑重重，他想，也許翠鳥的願望很快就要實現了，他會被翠鳥銬上手銬，押離這個地方。他怎麼可能有任何機會說服任何人，讓他們相信這只是一連串的誤會，而他真的沒有犯下任何罪行。

接下來該怎麼辦呢？

賽斯現在唯一能緊緊抓住的一件事，就是他真的不是凶手，凶手另有其人。他必須想通兇手到底是誰，並且證明這件事。

他知道答案了嗎？此刻他真的該要知道了。但說真的，這些都不重要，他絕望地想，因為他現在身在掃除用具櫃的裡面，而不是外頭。當你人在錯誤的地方，又能夠證明什麼呢？

他已經聽過每個人的說法了，但目前他的心思還是在邦恩先生身上，畢竟，邦恩先生用什麼方式施展驚人魔法，這一點到現在還是個謎。安卓莉從一開始就說賽斯擁有一切的答案。時間已經不夠了，他現在就需要這些答案。想啊，賽斯，快想。

他隱隱約約聽到一陣腳步聲穿過大廳。是夜影嗎？賽斯把耳朵靠上櫃門，希望聽到那個親切的聲音，讓他知道他的貓其實安然無事。至少夜影很懂得如何照顧自己，賽斯現在只能從這點上得到一些安慰。

賽斯聽到的是蒂芬妮和她母親經過大廳時，兩人之間的對話。

「老爸能夠使用魔法，」蒂芬妮說。賽斯可以想像她白瓷般的臉上緊緊皺著眉頭。「居然沒有人想到應該告訴我。」

「我親愛的小豆豆，妳父親其實不會使用魔法。」

「你們真的有在用腦嗎？都沒有人想過，我可能想要成為魔法師嗎？」蒂芬妮的呼吸急促起來。「我的意思是，你們真的都那麼笨嗎？」

「說真的，沒有什麼好特別拿出來講的。我的小甜派啊，妳是怎樣都不可能擁有魔法的。」

聽著她們漸漸走遠，賽斯心想，他並不訝異蒂芬妮會生氣。當初一知道邦恩先生居然擁有某種魔法能力可以賦予亨利的木雕生命，他就曾想過蒂芬妮發現這件事時會有什麼反應。如果旅店裡有人擁有魔法能力，蒂芬妮一定會覺得那個人應該非她莫屬。

追根究柢，之所以會發生現在所有事件，其實都是因為魔法。白鑞曾經說過，他覺得某個擁有魔法技能的人隱瞞了自己的身分，混進遠景選拔之中。那個人已經將事情計畫妥當，而且能安全通過施展在門上的法術。

安卓莉也告訴過賽斯，旅店裡已經有魔法的使用痕跡了。那是某種扭曲的魔法。安卓莉宣稱那是她不了解的魔法種類。她告訴賽斯，這起神祕案件很久以前就開始了，要比泰洛迷斯博士來到旅店早非常多。所以，謎題的答案到底是什麼呢？

邦恩先生找到了某種方法能讓木雕偶擁有生命，所以施展這麼驚人魔法的人真的就是邦恩先生嗎？或者那只是一場騙局？或者是巧合的意外？但施法當下的效果確實說服了安卓莉。

每件事都不對勁，而賽斯必須參透這一切。

白鑞相信，泰洛迷斯博士之所以來到最後良機旅店不單只是為了和這批最新的招募候選人見面，而是為了其他事情。他猜測泰洛迷斯懷有隱藏的意圖，這種想法實在有些瘋狂。而現在，白鑞很確定卡在衣櫥頂端的那根迷你魔法骨頭，是能夠讓這起神祕事件有突破性進展的關鍵線索。

賽斯再次用手拉扯著自己的頭髮。白鑞的想法真的能解釋任何狀況嗎？白鑞有時會困在他自己的奇怪論點之中，至於其他時候，賽斯則會懷疑他到底知不知道該如何盡到警探的職責。

誰可能犯案呢？或者說，誰擁有進入餐廳所需要的那種等級的魔力？說到底，這才是最重要的關鍵。

目前身在旅店的所有人知中，誰擁有真正的魔力？

他看過誰使用過魔法嗎？認真施展的魔法。

想啊，賽斯。

就在這一刻，這個問題的答案變得具體而明確，就像一張逐漸聚焦的模糊照片。

他曾經看過璀璨的藍光從她的手杖頂端噴射而出。她曾經到處揮舞那把危險的手杖，並用手杖抵住他的脖子，而賽斯從一開始就知道，她用了魔法。

她假裝成他的朋友，拖著他一起替她保密。

賽斯怎麼會這麼笨呢？居然這麼容易相信人？

這阻礙了他的判斷力，讓他忽視自己從一開始就該看出的事實。他非常清楚，到目前為止，在這裡的所有人中誰的魔力最強。這個人選非常明顯，而且根本不是邦恩先生。

這實在明顯到一種離譜的地步，是安卓莉。

第三部

38. 切片教學

他不能在沒有證據的狀況下去找翠鳥或白鑞，否則他會失去任何說服他們的機會，那兩人只會覺得賽斯是為了自救而口不擇言，認為他憑空編造故事。他到底該如何使出比安卓莉更高的計謀呢？他有辦法讓她承認這些假設嗎？

當他正忙著醞釀怨恨，想著安卓莉這幾天如何玩弄、欺騙他時，掃除用具櫃外突然傳來一個細微的聲音：「賽斯，你還好嗎？」

他使盡了全力才勉強忍住不立刻朝安卓莉破口大罵。

「還好。看起來我想要離開這裡的願望很快就會實現了，反正我最擅長替別人的作為頂罪。希望真正做出這些事情的人可以過得心安。」

「賽斯，你得幫我。」安卓莉的聲音變得清楚了，她一定是更靠近櫃門了一些。這不是安卓莉第一次要求他的協助，但賽斯已經不想再受騙了。

「這個地方非常古老，」她繼續說：「隱藏了非常多的祕密。我正在接近答案，但我需要知道每一件事。賽斯，可以嗎？」

「我為什麼要幫妳？」他的話爆出沖沖怒氣。「妳對我說謊，還用手段騙我上當。」

她停了一下。「我沒有其他選擇。」

「我最終還是發現事情的真相了，安卓莉。」話語從他緊咬的牙間冒出。「在這期間，妳都在旁邊偷偷嘲笑我嗎？」

一陣漫長的沉默。

「賽斯，我知道現在的狀況對你來說不好過，但是可以請你幫我一下嗎？這很重要。」她盡力維持呼吸平靜。「只有你能幫我了。」

「我都被關起來了，還能做什麼？不管怎樣，我不想幫。妳自己想辦法吧，我不會再被妳用計呼來喚去了。」

「不、不願意幫我嗎？」她結巴地說。「可是我想幫你呀。」

「我不會幫助謀殺泰洛迷斯博士的兇手，任何事都不幫。」

他本來不打算說的，但話已出口，接著兩人沉默許久，甚至讓賽斯覺得自己似乎把事情完全鬧翻，而安卓莉已經離開。賽斯暗罵自己竟然讓憤怒沖昏了頭，其實他本來打算小心翼翼地施計，勾引她說出實話。

但在這段漫長沉默的最後，她終於開口了：「很難知道該從何說起，」她的聲音又小聲又低沉，賽斯幾乎快要聽不清楚她說了什麼。「但不可否認的是，他已經死了。」他聽到她抽著鼻子。「你是對的，這全都要怪我。」

她承認了。

賽斯不曉得為什麼，但是他完全沒有任何勝利的感覺。接著他就聽到腳步聲響起，安卓莉離開了。跟之前比起來，他的情況還是沒有任何好轉。

誰還會相信他呢？

過了很長一段時間，他又聽到腳步聲。賽斯把耳朵湊到門上。

「啊，看啊，年輕的水鳥先生好像把他又大又舊的鐵鑰匙掉在這了，好想知道這能打開什麼東西呀。」門板傳出開鎖時刮動的聲音。賽斯緊張地爬出櫃子，在接待大廳燈光的照射下眨著眼睛，一抬頭便看見白鑞警探的朦朧身影。

「我想你應該需要出來伸展一下。想不想陪我去看個東西？順便幫我做點事？很無聊的工作就是了。」

「剛才門鎖上真的插了鑰匙嗎？」賽斯問。

「不太算是。」

「你……你用了魔法？」

「我可能施展了點開鎖術。咒語簡單，不過很有效。但魔法不是為了耍這種小伎倆，這點還是沒變噢，年輕的小賽斯。你可以選擇踏上許多不同的路徑，而魔法之徑是所有選項中最難走、最變幻莫測，而且最危險的路途之一。對於未經訓練的新手來說尤其如此。魔法有時會很——嗯，這麼說好了，我們有一整個部門的人負責幫助那些其實不太了解自己在幹嘛就貿然使用魔法的人，他們所有的時間都專門用來把這些人的耳朵黏回去。有時也要黏頭，不過不常發生就是了。幸好，大部分的人通常都很保護自己的頭。」

賽斯跟著白鑞走上崎嶇歪斜的階梯，看著他低頭躲開幾處真的很低的天花板。「我能否建議你別那麼在意魔法呢？專注讓自己脫離這團麻煩事會比較好一點。賽皮先生，你真的頗為擅長讓自己陷入麻煩啊。」

「而且是深陷其中。」賽斯空洞地笑著。「現在有這麼多證據對我不利，所有人都覺得我是凶手，不管我做什麼都不會有任何改變了。你知道夜影現在的情況如何嗎？」

「你說那隻貓嗎？她對邦恩小姐拿走你的小黑書這件事不怎麼高興。」

「蒂芬妮對她做了什麼？」

「她把夜影關進盒子裡，但邦恩小姐那白皙的肌膚免不了受點小傷。我找到夜影之後就放她出來了，她沒事，只是有點暴躁。」

「她脾氣就是那樣。謝謝你。」

他們抵達其中一間沒人入住的臥房。

白鑞燈也沒開就偷溜進去，賽斯跟在他身後。賽斯覺得白鑞似乎一直以來都只是在追蹤他自己發現的奇怪線索，而這不是他第一次有這種感覺。

「我們快要發現真相了，現在就來看看我們到底能不能解決這樁神祕案件吧！」

安卓莉剛剛才對賽斯做出驚人的自白，賽斯知道自己必須找到方法說服白鑞相信這件事，但他不曉得該從哪裡著手。

當他在腦中想像自己說出這件事時，他只能想到白鑞大笑的樣子。安卓莉的手段真的很高明。賽斯的眼睛花了一點時間才適應光線，然後他就意識到房間並不是空的，有東西在陰暗的牆角邊移動。那是一團盤旋、徘徊的灰色迷霧。

賽斯頓時緊繃起來，伸手抓住白鑞的手臂。

這和葛蘿莉亞・鱒豆之前看到的灰色物體是同一個嗎？那真的是泰洛迷斯博士的鬼魂？

但是白鑞絲毫沒有擔心的樣子，逕自大步走向那顆懸空掛在桌上，閃閃發光、微微顫抖的暗灰色小光球。白鑞好奇地湊上眼睛往光球內部看，這讓賽斯的恐懼迅速被好奇心給取代。

「我只是想整理一下某些凌亂的線索，也許能對案子有幫助。」

「你是指，我是嫌犯的這件案子嗎？」

賽斯懷抱著希望等待白鑞的回答。要猜透白鑞這個人的心思實在有點不太可能，但不知道為什麼，打從一開始沒有人願意相信賽斯並非凶手的時候，白鑞就已經將眼光看得更深、更遠，並已經開始尋找某種別的東西了。

白鑞從光球移開視線，轉身用他那雙藍色眼珠看著賽斯。他的瞳色即便在陰暗之中也一樣明亮。「你以為我把你找來，就是為了讓你尋找不利於自己的證據嗎？你得學著辨認能夠相信的人啊，賽斯。」他溫柔地說。「在這群人之中，有的人真的只在乎真相。現在，你能不能發誓保證絕對不會把我現在做的事情拱出去呢？」

原來還是有人看到，賽斯感覺自己心中萌發出一小撮希望。即使有著成堆的證據對他不利，白鑞還是覺得事情有另一種可能。賽斯還有機會。

隨著眼睛適應陰暗的房間，賽斯立刻就被旋轉的迷霧給迷住了。迷霧的中心是一小球如針腳般迷你的灰色光芒，而環繞在它周圍不斷旋轉的霧氣正在賽斯的注視下逐漸膨脹、變亮。在他開口問白鑞這是什麼之前，霧氣就已經變得像小顆足球那麼大。

「長官，你說『把你拱出去』是什麼意思？」

「翠鳥封住了所有的通訊管道，而且手法頗為確實。我們現在用的連絡方法非常低調。應該說儘量低調啦，反正你們這裡的訊號本來就真的糟糕到不行。我猜訊號會這麼差都是因為這裡都是樹木的關係，也因為這樣，我得讓這東西醞釀一會，通訊能力才會夠強。總而言之，我接下來要做的事情算是有點違法的，如果翠鳥不知道這件事的話，我的日子會過得簡單一點。」

一聽到自己要和白鑞做出某件稍微違法的事，賽斯就感覺自己的心跳開始加速。警探用單手揮過迷霧，霧氣隨即改變移動方向。一旁的賽斯看得著迷。霧氣聚集在一起，開始旋轉。

「還沒好。」白鑞在光團之中晃了晃手指。

迷霧重新聚集成許多粉紅色小點。白鑞拉開外套，露出排列在內襯上那一系列迷你瓶子。他拿下其中一瓶，用長手指拔開瓶塞，倒出一小撮肉桂色的粉末，然後搧向霧氣之中。

賽斯知道自己應該要專注於找到方法，把責任歸咎在正確的地方：也就是安卓莉身上。她一直提供他各種魔法世界的資訊，但現在賽斯開始懷疑這些資訊的正確性。她曾經說過她在尋找某種她也不了解的魔法，同時表示旅店裡有魔法存在，然後又用藍光轟炸所有東西——再加上她用來讓牆壁震動的那個把戲。讓牆壁說出「維奇若克特」的人就是安卓莉。他應該直接說出來的，並把所有事情都告訴白鑞。他現在需要的是想辦法告訴白鑞關於探測手杖和藍光噴射的事，而不讓整件事聽起來像個荒唐編出的故事……

但就在這時，光球開始微微發出綠光，而賽斯滿腦子只能想到自己正在目睹白鑞施展魔法。

「他們最近做了升級調整，但是好用程度根本比不上舊款。」白鑞抱怨道。「真不知道為什麼他們總是要把品質搞壞。我剛才用了一點非非粉——一種類似魔法的催劑，通常是在魔法沒有發揮應有效果時使用。我們把這裝置叫做通訊球。我還滿堅持要叫它這個名字。嚴格來說我們應該用發明裝置的巫師來命名，但她的名字實在太難念了，聽起來就像你打了一聲噴嚏。如果你想快速尋找某些東西，通訊球絕對是首選，實在很難用別的魔法裝置取代它。」

「你的意思是——它會告訴我們是誰殺了泰洛迷斯博士嗎？」賽斯焦急地問，語氣充滿希望。如果要讓白鑞開始懷疑安卓莉的話，這可能是最棒的方法了。

「雖然它擁有魔法，但功能上還是挺笨的——通訊球只能重複已經設定好的功能。現在，讓我們來試試看這貴得要死的通訊設備吧……」白鑞揮動雙手，霧中的影像變得更清晰。「賽斯，你要不要先試試看？有沒有想問的問題？別客氣，試一下吧。」

此時賽斯唯一想做的，就是搞清楚可能使安卓莉殺害泰洛迷斯博士的原因。因為如果他知道了這點，當他把所有事情告訴白鑞時，整個來龍去脈聽起來會正常一點，而且他也比較有機會讓白鑞相信。

「好吧，」看到賽斯沒說話，白鑞接著說了下去。「我倒是有一大堆問題想問。賽斯，你知道了很多關於魔法世界、創傷日和所有在爆炸中失蹤的巫師的事，對吧？我想知道我們現在思考的問題是否一致。」

賽斯有點驚訝。聽到白鑞說要尋找與嫌犯有關的證據時，他以為白鑞想要問的是懷疑對象的背景。

「關於那些因為涉及創傷日而受通緝的巫師——這屬於你們魔警隊的調查範圍嗎？」賽斯小心翼翼地問。

「不屬於，那不是我們的職掌。魔警隊負責處理的是魔法社會中普通的日常犯罪、錯誤行徑，或任何惡劣事件。追查因為創傷日而受通緝的巫師，然後正式公布他們是死是活，則是另一個專門團隊的責任。」

「你是指追查像冬青．鱒豆這樣在爆炸中失蹤的巫師？」賽斯緩緩地說。「聽起來他的確有足夠的理由去怨恨泰洛迷斯博士。關於鱒豆已經死了這件事，我推測那只是大家的猜想，其實沒人能夠確定，是嗎？得有人調查這一點吧？」

「你說的沒錯。負責部門的全名叫做極惡巫師特別偵查隊，不過我們通常都簡稱極巫隊。總之，這是他們的工作。極巫隊的成員大部分都是臥底，畢竟他們最不希望的就是驚動正受到調查的巫師。這些受到調查的巫師可能非常精於躲藏，好藉此避開尷尬的追問，讓他們不需要解釋自己在創傷日中負責的角色。說起來，你也可以把極巫隊看成是『極為強大的巫師戰隊』。你想知道更多關於艾樂舍祕密勤務隊的事嗎？」

賽斯的視線越過白鑞肩膀，看到迷霧中逐漸浮現某些文字。

通訊球開始以一陣低沉的女性嗓音唸出浮現的文字：「極巫隊成員會先鎖定與爆炸中失蹤巫師有關聯的住宅或建築物，並著手調查是否有使用魔法的情形。如果沒發現任何近期的魔法活動跡象，他們會判斷該名巫師已經死亡而非失蹤，然後正式變更巫師的存亡狀態。

接著，他們會抹除巫師住處內任何陰暗角落可能存有的魔法，拿走魔法書和魔法裝置，有時甚至會移除整座圖書館。一旦魔法痕跡都已消除乾淨，他們便會將該住處視為『清理完成』，並宣布可以安全地重新利用。」

「這是很不好處理的工作，總是會遇到某些適得其反的情況。」白鑞語帶深意地說。「也許有的巫師只是剛好離家去度長假。」

賽斯還正試圖搞懂那些話的意思，白鑞就已再次用手揮過光球表面，讓球體內部旋轉的霧氣呈現一片深粉紅色。

「接下來要做的這件事就是所謂違反規定的部分了，而且需要一點技巧。不過，對像我這樣的天才來說倒是非常簡單。如果你不想看的話，可以轉過身。我們現在要進行切片。」

「切片？」

「這是我們會用的術語，指的是在不被發現的情況下潛入你根本無權進入的地方進行調查。以現在的情況來說，我們要查的地點就是艾樂舍的藏寶庫。艾樂舍不喜歡讓任何人進去那裡。」

「為什麼？」

「我猜是因為他們覺得那些藏寶庫屬於非公開的空間。」

「不是這個意思，我是說——」

「啊，還有些棘手的問題我沒辦法回答，因為有些事情我始終被蒙在鼓裡。光是要判斷到底哪些謊言值得我去費心煩惱，就已經是件沒完沒了的麻煩工作了。」他喃喃說著，霧氣隨之移動、聚攏，「我真的很想知道她到底懷著什麼目的。」

「她」這個字突然擊中賽斯，在他心裡點亮一股希望的火花。不禁讓他覺得，也許把安卓莉的自白告訴白鑞這個想法其實沒有那麼荒唐。

看到白鑞正在調查對象的名字從迷霧中浮現，賽斯不禁輕聲把那個名字說了出來。

「安卓莉。」

39. 從一開始就在說謊

所以白鑞已經懷疑起安卓莉了。

白鑞有沒有可能就跟賽斯一樣，其實也正摸索著導出同樣的結論——她是這裡唯一一個有足夠魔力通過那道受魔法保護的門的人？

也許賽斯真的有機會能證明自己的清白。

白鑞傾身過來向賽斯說：「她根本不是泰洛迷斯的助理。」

「她在很多事情上都說了謊。」賽斯喃喃地說，仍然覺得自己根本就是個笨蛋，居然毫不懷疑地聽信她編出來的荒唐故事，竟然相信旅店裡存在魔法。

「沒錯，她的確這樣，對吧？」白鑞說。

賽斯想把所有事情都告訴白鑞。不只是安卓莉坦白承認了她要為泰洛迷斯博士的死負責，還要把她用紅色手杖噴出藍色閃光的事也一併公布，她那些關於漣漪和神祕魔法的謊言。他之前真的太笨了，但即便現在，他也還是不知道安卓莉為什麼要做這些事，或者目的何在。

「我只想到一兩個會促使她對我隱瞞事實的原因，但畢竟絲奎家族都是頗為優秀的巫師，我不希望走到必須把她吊起來拼命搖晃才能從她身上倒出真相的地步。」白鑞說。「總之，她到底在打什麼主意？你覺得她就是我們的凶手，是這樣嗎，賽斯？」白鑞的語氣冷靜。

賽斯緩慢地回答：「不只如此，我知道她就是。」

「她跟你說了什麼？」

「就在剛才，她親口向我承認自己應該要為泰洛迷斯博士的死負責。」賽斯屏住了呼吸。他終於說出來了，白鑞會有什麼反應呢？

白鑞轉過身來，賽斯再次看見他眼鏡後面那對雙眼發出的鮮藍色彩。「她真的這麼說嗎？你相信她的話嗎？她真的從來沒有騙過你嗎？」

「當然騙過！」賽斯嚷嚷起來，「她打從一開始就不斷說謊、不斷誤導我。」

「沒錯，她的手段真的非常高明。」

白鑞想說的就只有這樣嗎？他的反應只有如此？

賽斯不確定白鑞到底是不相信這些話，或者他其實相信，只是這對他來說已經不是新聞了。警探看起來就像平常那樣冷靜，即便聽到安卓莉的自白這樣令人震驚的消息，他的反應也不如賽斯預期中訝異。

可是話說回來，白鑞什麼時候乖乖照著別人的預期做出反應過了？

不過，賽斯倒是從白鑞剛才的話中得到了新的資訊。「所以她來自某個古老的魔法家族？」

「絲奎家是最古老的家族之一。」白鑞點點頭。

安卓莉最一開始不就曾向賽斯解釋過嗎？許多勢力龐大的魔法家族一直暗中計畫著要除掉泰洛迷斯博士和他的改革政策。

此時的賽斯完全沒發現有陣非常輕巧的腳步聲正逐漸接近。

有人喊了白鑞的名字，白鑞轉過頭去。「真是一刻也不得安寧，難怪花這麼久時間都還沒破案。不過，我們至少一步步把線索整理出來了。」他溜至門外的走廊上，小心翼翼地帶上房門。

他的話是什麼意思？他們還沒解開這起案子嗎？

「小姐，有什麼我能幫上忙的嗎？」他聽到白鑞這麼說。接著，葛蘿莉亞・鱒豆那絕對不會認錯的尖銳嗓音就答道：「我準備好進行降靈會了。」她聽起來有點緊張。

「但是我想知道我該問什麼問題？」

有個東西擦過賽斯腳邊。賽斯根本沒注意到她什麼時候偷溜進來。

「夜影！妳跑到哪去了？」

他蹲下去抱她，一心只想把臉埋在她柔軟的毛裡，但此時夜影伸了一個超大的懶腰，並打了好大的呵欠，連爪子都露出來了。「就是臨時離開一下，稍微……」她又打了另一個大呵欠。「……小睡了一會。」

「所以妳都在睡覺？我還以為妳——」

「我想睡覺的時候連自己也控制不住。」夜影邊說邊開始舔起爪子。「貓每天需要至少七個小時的睡眠時間，我只是順從自己的天性而已。」

「我還以為妳遇到了什麼可怕的事。我以為蒂芬妮——」

「我給了她下次多考慮一點的理由。」夜影像是不想討論這件事似地背過身去，對著迷霧球發出嘶叫。霧氣不斷扭動，幾乎像是在示意賽斯：快來試試我強大的功能。

「我錯過了什麼？」

「夜影，那是一種叫做通訊球的魔法裝置，會回答妳問的問題。妳只錯過蒂芬妮把小黑書拿給翠鳥時的場面，她把書當成對我不利的證據了。然後我又被關進了櫃子裡。但是我現在不覺得邦恩先生應該為整起事件負責，白鑞跟我可能有同樣的想法，我們覺得——」

「我不知道欸，賽斯，奇怪的事情太多了。我開始覺得安卓莉可能是對的，可能真的有某種黑暗的事物潛伏在旅店裡。」

「蛤！但是我現在正學著不去相信那個女孩說的任何話。妳聽好，這是她剛剛親口告訴我的——我直接問她，她也承認了——她就是那個該為泰洛迷斯博士的死負責的人。雖然只有我聽到她這段自白，但我覺得白鑞跟我的想法一致，他也正在尋找能定罪於她的證據。」

夜影看著他走向通訊球，她的綠眼睛閃爍著光芒。「而這個東西能幫我們找到證據？」

「值得一試，畢竟它也是個魔法裝置。」賽斯聳聳肩。「雖然我不認為自己有辦法使用就是了。」即便如此，他仍偷偷瞄向通訊球，並朝那個方向又靠近了一點，彷彿被旋轉的朦朧薄霧給震懾住了。接著，通訊球伸出好幾道又長又細的霧灰色捲鬚圍繞在賽斯身邊，誘惑地拉著他，把他往自己的方向吸引過去。

賽斯覺得，要是夜影有眉毛的話，此刻一定挑得老高。

他始終仔細地注意著白鑞的動靜，門外的兩人此時正低聲地交談著。賽斯緊張地走到通訊球前面。到底他能不能成功使用魔法裝置呢？

如果想要使用通訊球，那現在就是唯一的時機。他有好多問題想問，數量多到很難整理成只詢問其中一題。

賽斯已經分不清楚安卓莉到底說了多少謊。他一邊揉著脖子，一邊想到安卓莉曾經對他大發脾氣，並用探測手杖鮮藍色的火光讓所有東西嗡嗡作響，而且還告訴他，說她偵測到某種從來沒看過的魔法。賽斯腦中浮現當時牆壁震動的場景。

只有一次機會。他必須問出自己真的很想要知道答案的問題，而這個問題最好要能讓他了解安卓莉到底在打什麼主意。他得在白鑞回來之前快點問。

他彎下腰，靠近不斷旋轉的通訊球，清楚、堅定地說出他的疑問：

「為什麼最後良機旅店的牆壁會說話？」

40. 什麼是維奇若克特？

霧氣只是緩慢地在原地盤旋。他說得太小聲了嗎？還是哪裡做錯了？賽斯皺著眉頭，焦慮地瞄向房門，試圖回想白鑞警探剛才的流程。

他拿起白鑞留在桌上的瓶子，瓶子裡裝著非非粉。賽斯拔開瓶塞，用指尖捏出非常少量地一撮粉末，均勻地撒在霧上，就像白鑞剛才那樣。

霧氣中浮出文字。

最後良機旅店。前身為最後良機之屋，是維奇・若克特的老家。維奇・若克特是一位著名科學巫師的舊名，因為發明逃跑鏡而廣為人知。

「夜影，看看這個！維奇若克特竟然是一個人！」

「你在說什麼？」夜影咕噥說道。

「應該是維奇．若克特，就是小黑書上發著光顯示出來的字，還有牆壁說話時提到的。但那並不是某種東西，牆壁說的是其實是一個人名。那是一位科學巫師，就像是泰洛迷斯博士那樣的科學巫師。維奇．若克特以前曾經住在這裡，就住在最後良機旅店。」

賽斯再次望向霧中的字，同時注意到逃跑鏡這幾個字正在發光。看起來就像是如果他想要的話，可以追問關於這個詞的意思。更重要的是，他認得這幾個字，而且知道自己在哪裡看過。

「小黑書裡也有提到逃跑鏡這個詞，就在螢火蟲之籠的篇章附近。」他想起小黑書以耀眼的光芒浮現出維奇．若克特這幾個字時的景象。「但這到底是什麼意思呢，夜影？我還是一點線索也沒有。」

他的肩膀垮了下來。

他提問的答案似乎只為他帶來更多的疑惑。

賽斯繼續讀著霧中的字，盡可能地快速獲得更多訊息。

如果尚在人世將為通緝犯，通緝原因：參與創傷日而需要進行審問。官方公布為在爆炸案中失蹤的一員。

「夜影，維奇．若克特是其中一位在爆炸中失蹤的巫師。他當時也參與了創傷日，因為警方想要審問他而受到通緝，而且他以前就住在這裡。」

「這裡以前住了受通緝的巫師？你唬我的吧。」

地板發出的吱嘎聲告訴賽斯，現在不是埋頭解開這項謎題的時機。白鑞正往回走，沒等賽斯回過神來，便已進入房間。

「我要跟你說件不好的消息。」

賽斯等待對方繼續說下去，猜想也許是自己剛才亂玩魔法裝置的行為被發現了。

「恐怕我得把你鎖起來了。但我不認為非得把你塞在樓下那個掃除用具櫃裡不可，關在閣樓的房間其實也是一樣。」

賽斯勉強同意，拖著腳步走回最頂樓。白鑞跟在他身後。

白鑞剛把門鎖上，敲了敲門板表示道別，此時賽斯悄聲問道：「你真的認為鱒豆小姐能和泰洛迷斯博士的亡魂溝通嗎？」

他聽到白鑞發自內心地嘆了口氣。「賽斯，接觸魔法的時間越長，你就越懂得要保持心態開放。況且，要是泰洛迷斯博士有可能告訴我們所有的事情，對我們會很有幫助，不是嗎？但是，直到我們可以證明這件事以前，很遺憾地，我的建議是不要相信任何人。當然，除了我之外。」

「所以鱒豆小姐真的擁有與鬼魂溝通的魔法能力嗎？或者，你的意思是她其實別有目的？」

「賽斯，你沒有感覺到嗎？」白鑞疲憊地說，「這裡的每個人都別有目的。」

41. 迷霧漸開

賽斯沉重地倒在床上，思緒狂暴運轉。他非常緩慢才意識到房間裡出現某種微光，房間的其中一個角落正發出詭異的光芒。

是他的鏡子。那面鏡子有時會功能失靈，而現在居然正發光。發出明亮光芒的是鏡子的背面，不是正面。賽斯把鏡子轉過去，看到上面出現幾個明亮的字。他可以清楚地看到那些筆畫：維奇．若克特。

一鬆手，鏡子掉到地上。

賽斯瞪大雙眼看著那幾個發光的刻字，突然間，有個嗓音如蛇般從房間的牆壁裡滑了出來。這次牆壁放輕了聲音，彷彿只說給他聽：維奇若克特。

賽斯惶恐地抓緊鏡子，盯著它看。那就只是一面壞掉的鏡子而已，有時能夠照出賽斯的模樣，但大部分時候沒辦法，鏡子反而會照出另一個房間的景象。如果這面鏡子真的跟維奇．若克特有關，那賽斯只能承認，它很可能是被施了邪惡魔法的魔法裝置。

他望入鏡子深處，卻被接下來的景象嚇得目瞪口呆。鏡子的其中一角開始發出強光，接著那陣光像裂縫一般劈過整面鏡子，不斷擴大。

賽斯把臉湊到鏡子前，以前所未有的近距離看著鏡中的影像。突然之間，他看到了一群人的身影。他們身處一間鑲有牆板的房間，坐在大圓桌旁，房裡點有燭光。賽斯緊抓著鏡子，清楚知道自己在這面奇怪鏡子裡看到的景象代表什麼意思。他看到的是旅館的餐廳，也就是降靈會舉辦的地點。

賽斯越看越仔細、越深入。他看著所有人的臉，看到葛蘿莉亞・鱒豆蠕動著嘴型，但聽不到任何字句。隨著他逐漸投入鏡中的影像，他開始有一種墜落的感覺。

突然之間，他感覺自己身上的每個分子都在同一時間分解開來，同時整個人被擠進一條非常、非常小的管子裡。

他被吸進鏡子裡了。

那種感覺就像有人同時想把他縮小又拉長。他伸出手，試圖讓自己停下來。賽斯閉著眼睛，耳邊飆過一陣呼嘯。當他再度睜開雙眼，便發現自己不再往下墜落了。他穩穩地站著，似乎剛以頭上腳下的完美方式降落。他眨眨眼睛。

他四處張望，不太確定自己到底在哪。他的手看起來是模糊的暗灰色，同時感覺自己扁平得像一塊紙板。他發現自己正直視著餐廳，但他到底站在哪裡呢？

他可以看到客人們圍繞在房間中央的抛光大桌子旁。

這一定就是降靈會的現場——鱒豆小姐為了這場集會召集所有人。現在葛蘿莉亞應該正在試著召喚泰洛迷斯博士的靈魂。房裡的光源全都來自蠟燭，就跟賽斯剛才在自己房間裡透過鏡子看到時一樣。

派博靈教授坐在葛蘿莉亞旁邊，葛蘿莉亞則正對著賽斯。教授的左手邊坐了馬爾德伯爵，再過來就是鄧斯特—鄧斯特伯大師。諾麗．邦恩和亨利坐的位置剛好在派博靈教授對面，而白鑞、翠鳥和邦恩先生則坐在賽斯下方某個他看不到的位置。他沒看到安卓莉或蒂芬妮。所有人都坐著，握著彼此的手繞成一個圈。但賽斯到底站在哪裡呢？如果白鑞和翠鳥的位置比他低，那就表示賽斯站在比他們還高的地方。

話說回來，如果他真的被召喚到降靈會的現場，難道表示他已經死了嗎？說真的，像他這樣全身分子被打散之後吸到鏡子裡，這個過程的確可能殺死他。但他現在卻又還能活動。

剛才一直低頭看著桌面的葛蘿莉亞．鱒豆現在睜開雙眼，並把頭抬了起來。她直視著賽斯。

他完全不敢做出任何動作，連眼睛都沒眨一下。她看得到他嗎？或者，他其實已經成了某個無名的鬼魂？

賽斯等待著快速飛馳的墜落感再次出現，希望那代表自己又以相同的方式再次移動。但什麼事都沒發生，他只好左右張望。

他看到自己旁邊站了另一個身影。他似乎正夾在兩名男子之間，他們正分食一瓶葡萄酒、幾片起司和麵包。那兩人都有鬍鬚，看起來實在非常眼熟。

「他在這裡，我可以感覺得到。那個靈體受召前來了。」葛蘿莉亞說。

接著賽斯就想通自己現在到底在哪了。他一定是在餐廳牆上的畫像裡，正下方就是當初他擺放杏桃甜點的那張小桌子。他真的站在畫裡，彷彿自己就是畫的一部分。

葛蘿莉亞的視線現在直視著賽斯。他不想被發現，尤其自己的狀況看起來就像是使用了某種邪惡魔法。

他該怎樣才能回到房間裡呢？或者說，回到自己的身體裡。要是他永遠被困在這幅畫裡怎麼辦？

賽斯真希望他知道該怎樣讓自己回去。

葛蘿莉亞瞇起雙眼，接著又因為興奮而將眼睛瞪得老大。她放開鄰座的人的手，緩慢起身，好奇地走向賽斯所在的畫作，月亮般的圓臉因為疑惑而皺著眉。賽斯使盡全力讓自己靜止不動。

她抬起頭仰視看著賽斯，兩人的視線最終交集，葛蘿莉亞的臉上同時參雜了好奇和驚嘆。「我做到了，我真的做到了。」她興奮地說，並且伸長了手臂指向賽斯。「有個灰色的身影出現在畫裡。你們快來看啊，我召喚了一個鬼魂。我成功了！」

42. 在活人的世界

「我召喚了亡者的靈魂！」葛蘿莉亞張大了眼睛喊著。

現在每個人都轉頭來看，連那些坐在賽斯下方的人也都笨拙地轉著角度、想辦法探過脖子。賽斯盡可能地保持靜止，連呼吸都不敢。

每隻腳都節奏凌亂地站起來，椅子刮動地板，每個人臉上都饒富興味與畏懼。所有人走向畫前，全都直盯著賽斯。

「有鬼魂！」鄧斯特—鄧斯特伯大叫。

「她成功了！」教授也大叫，雙手緊摀著嘴。

賽斯感覺自己又開始移動，但這次卻是向前不是向後，而且沒有旋轉和縮小的感覺。他覺得自己逐漸膨脹、變形、擁有實體。他正在離開畫像，而且完全停不下來。

他只能任由事情發展，直到非得跨出畫框不可，最後一屁股跌坐在地板上。賽斯抬頭，看見許多張等著興師問罪的臉。

「賽斯。」白鑞伸手拉了賽斯一把，幫他從地上站起。「很高興看到你願意加入我們，自己一個人待在房間太無聊了是吧？大家別擔心，他還在我們活人的世界。」

「搜他的身！」翠鳥大喊，但沒有人動作。他遲了片刻才想起自己就是那個負責保全的人，於是便上前去要拿賽斯還緊抓在手裡的黑色鏡子。「你這次又用了哪個惡魔裝置裡的黑暗魔法？」

「我想我們現在應該可以解開另一個謎團了。」白鑞說。

白鑞伸出手，賽斯別無選擇，只能交出鏡子。白鑞仔細地查看了鏡子，接著整個人跳了起來，開始檢查起牆上那幅畫。這讓賽斯想到自己之前也看過類似的場面，安卓莉也曾用纖長的手指摸索過旅館內所有畫作的邊框和背板。

「這個小男孩到底是怎麼從畫中走出來的？」派博靈教授問道，頭上那一大團花俏的髮型也跟著顫抖。

眾人轉頭看向正朝著畫作皺眉的白鑞。

「我覺得，」賽斯一隻手拉著自己的頭髮，「我覺得可能、大概、應該是因為某個叫做逃跑鏡的東西。我……」他已經想不到自己還能說什麼了。如果有人剛從畫中爬出來，手裡還抓著擁有邪惡魔法的魔法裝置，那他的居心鐵定不良了吧，哪還有任何解釋空間呢？

「就是這樣！」白鑞興奮地大喊，然後再次更仔細地查看著賽斯的鏡子。「我相信這件事解開了我們某部分的疑惑！比方說，鱒豆小姐為什麼會察覺到她的房間裡有人。」

「你的意思是，我在房間裡看到的並不是泰洛迷斯博士的鬼魂嗎？」葛蘿莉亞神情沮喪地問。

「在我看來，當時的情況比較像是有人把這些畫當成祕密通道，藉此四處遊蕩。」白鑞解釋道。「這個魔法裝置非常過時。因為有太多人被困住的案例，這種魔法肯定早已禁止使用了。」

賽斯的思緒此時飛快運轉起來。

自從在通訊球中得知維奇．若克特，那位受通緝的巫師曾經住在最後良機旅店，同時又在小黑書的書脊上看到那些發光的「維奇．若克特」字樣後，賽斯便開始把這兩件事情連結起來。現在他終於擁有足夠的線索，能夠看出其中的關聯性。

他只差幾步就能看透一切真相了。

43. 再把我關起來

諾麗從人群外圍一路推擠進來，幾乎要把葛蘿莉亞．鱒豆撞飛。諾麗把自己那張尖臉湊到賽斯面前：「你對蒂芬妮做了什麼？她沒在自己的房間裡。啊，我們得快點去找我可憐的小寶貝呀。」

她責怪地瞪著賽斯，賽斯只能結結巴巴地否認。

「不要再浪費時間了，」亨利咆哮著，「我們現在就得去找她。」

「沒錯！」諾麗嚎啕大哭起來，「一定發生了什麼糟糕的事。」

「但要是她跑進森林怎麼辦？那樣的話我們肯定是沒希望了。」鄧斯特—鄧斯特伯已經開始退縮，「天快黑了，我們最好等到早上再出去。」

「不能再等下去，搞不好她已經受傷了！」諾麗哭喊著，「也許她因為受傷而倒在某個地方沒辦法回來，只能怕得要死地躺在那裡，一邊看著四周逐漸變黑，一邊希望自己能夠獲救。要是她被謀殺了呢？」

「我們必須竭盡全力找到她。」邦恩先生說。

「我可以幫忙。」派博靈教授自願提供協助，「葛蘿莉亞也是。」

「算我一份。」馬爾德伯爵說，「夫人，別擔心，我想她不會走太遠。但畢竟天色很快就要黑了，我建議我們先搜索外面。」

「走吧！」邦恩先生吆喝道。

「伯爵、教授、鄧斯特—鄧斯特伯大師還有鱒豆小姐，謝謝你們。」諾麗絞扭著雙手，「翠鳥先生，您是否也願意提供幫助呢？」

在有任何抗議的機會之前，翠鳥就被眾人左右夾攻擋住，而諾麗則抓著他的手臂將他往門口拉去。鄧斯特—鄧斯特伯大師用他那雙小短腿跟在所有人的最後方。白鑞大聲說著自己要留下來監視賽斯，不過賽斯覺得大概誰都聽不到白鑞說了什麼。

白鑞轉向賽斯，賽斯心想，自己應該馬上就會被問到關於逃跑鏡的事。「看來他們的目標滿明確的，你說我們去喝杯茶怎麼樣？」

賽斯感激地點了點頭，在這個當下，他真的想不出有什麼比喝茶更好的選項。話說回來，他覺得自己應該永遠也不會習慣白鑞這些總是出人意料的奇怪問題。

白鑞轉往廚房的方向走去，賽斯也跟在後面，一起走進荒涼的接待大廳。但就在白鑞鑽進廚房時，黃色連衣裙女孩掛毯畫後方突然有陣奇異的光芒閃過，將賽斯的注意力吸了過去。還有人沒加入尋找蒂芬妮的搜索隊，而現在邦恩先生的書房裡有人。那陣奇異的光芒會來自剛才沒參加降靈會的人嗎？是安卓莉？還是蒂芬妮呢？

賽斯決定讓白鑞一個人去泡茶，自己偷偷摸摸地朝走進接待櫃檯。

他必須彎下腰才能擠進門縫。賽斯以前從來沒進過邦恩先生的書房，他一邊好奇地張望，一邊慢慢走入這座放滿書架的小房間。架上只放了一些書，大部分的橫板都放了好幾排動物頭骨，全都漂得死白，並有著空洞眼窩。他看到許多老鼠和田鼠的白色頭骨，尺寸迷你，另外還有一顆巨型頭骨長了巨大的螺旋狀的角。

房間裡放了一張看起來很舒服的椅子，有著磨損的扶手和皮製坐墊。精緻的小桌子上堆了一疊古老的書。

這就是邦恩先生練習如何讓木雕動起來的地方嗎？

整個房間充滿了焦味，彷彿有人在這裡生了火。有個人站在房中，正對著書架射出許多閃閃發光的藍色光束：是安卓莉．絲奎。

她迅速轉身，但很快又鎮定下來。「賽斯。」

他根本沒好好想過該跟她說什麼，只知道自己得讓她了解，她的花招都已經被揭穿了，而他將會找出最後的線索，解開全部謎題。

不過有一點賽斯很確定，安卓莉從一開始就在騙他，她甚至不是泰洛迷斯的助理。

現在，他只想知道真相——這次將會是最真實的真相。他張開嘴，但發現自己想要講的那些話卻是由她說出口。

「時間到了，你該跟我坦承一切了。」安卓莉說。

「我？」他訝異地說，「一直在假裝的人是妳才對吧，我知道妳都在說謊。」

「賽斯，你到底在這裡藏了什麼東西？」她說，彷彿賽斯剛才根本沒說話。

她一舉起紅色手杖，賽斯就開始緊張地後退，兩隻眼睛死盯著手杖的頂端。她慢慢朝他走來，臉上掛著那副堅毅、決斷的熟悉表情。

「快說，賽斯，有某種龐大的魔力一直被困在這裡。」

安卓莉停下腳步，掀開紅色手杖的杖頂，賽斯繼續向後退，完全不敢把眼神從安卓莉身上移開。她向前高舉手杖，滴答滴答的聲音發瘋似地響了起來。

她瞇起深色的雙眼，「告訴我吧。」她朝牆壁射出一陣矢車菊藍的火花。牆壁這次震動得非常激烈，他可以清楚聽到牆面威脅似地轟隆說出「維奇若克特」幾個字。

賽斯沉住氣，準備面對不斷落下的石膏碎屑。

她舉起手中的杖，緩緩朝賽斯走去。手杖頂端越來越亮，賽斯只能閉上眼睛。

他向後踉蹌，胡亂摸索著身後有沒有什麼東西可以在必要時抓來當作武器，但在手指一陣慌亂之後，都只找得到小動物的頭骨和書。

他咬牙撐住自己，等待藍色火光朝自己身上直射而來。

44. 純粹而簡單的真相

賽斯耐心等到最後一刻，直到他感覺安卓莉靠得夠近了，便突然睜開眼睛，伸手去搶她那把手杖。

賽斯身後傳出某些動靜。安卓莉側身去看，順勢將手杖扯至賽斯可及範圍之外。

「白鑞警探，」她勉強在白鑞那顆長滿銀髮的頭出現前回神，並打了個招呼，「我還在想你跑到哪裡去了。」

「就跟在妳腳步後面。恐怕我就只能跟到這種程度而已，從一開始就是這樣。」

掛毯被推至一側，賽斯不禁想著，長得跟樹一樣的白鑞不知道有沒有辦法擠進這個書房的入口。

賽斯馬上開口：「關於逃跑鏡，簡單來說我根本不曉得它有什麼功能，真的。我以前從來沒有用過。真正需要解釋的人是安卓莉，你相信我嗎？」

白鑞從門口鑽了進來，在房間裡站定，但是頭頂一直刮到天花板。「在我的經驗裡，賽斯，很少有所謂純粹的真相，更從來沒遇過簡單的事實。這也正是我非常想要和絲奎小姐小聊一下的原因。」

安卓莉威脅式地舉高她的手杖，但白鑞完全沒看在眼裡。

「有些人甚至會覺得早就應該這麼做了。我指的是『說出事實』這件事。」

安卓莉站在房間中央那張桌子旁，隨手翻著桌上其中一本書，《歷史上的惡魔與女巫》。

賽斯可以看到其他書的書名：《基本魔法簡述》、《惡魔學、占數與星座》、《大眾通用魔法技巧》、《讓朋友也刮目相看的常用簡易咒語！》。

他之前還一直以為邦恩先生窩在這裡是在看報紙。

「你希望聽到真相？」她說。

「當然。我認為聽取事實會非常有幫助。」

「賽斯覺得我殺了泰洛迷斯博士。你們兩個人都覺得我殺了他？」她的眼中閃過一絲毫無畏懼的神情，同時看著他們兩人。

「妳確實親口告訴我，說妳自己應該為他的死負責。」賽斯指出。

她皺起眉頭，眼神黯淡下來，接著激動地說：「我跟你說的是我覺得自己對他的死有一部分責任，不是指我真的殺了他。真不敢相信你們兩個居然會覺得——」

「殺他的人到底是不是妳？」賽斯茫然地問道。

安卓莉倒吸了一口氣：「當然不是，我來這裡是為了——尋找其他東西。很抱歉，有些事我還沒有辦法告訴你們。」

「我們知道妳其實不是泰洛迷斯博士的助手。」賽斯說，「安卓莉，我想妳為了到這裡來應該編了不少謊。」

「某方面來說，我想是吧。」

「或者，也許你們兩個一起到這裡來是他的主意？」白鑞拿起桌上的《大眾通用魔法技巧》插話道。

「泰洛迷斯博士知道我對這個地方很有興趣，又恰好遇上這人申請參加遠景選拔，對我來說是千載難逢的機會。事實上，提議來這裡舉行選拔儀式的人就是博士，但他從來沒坦白告訴我為什麼他願意前來。」她高舉手杖頂著天花板，這一次滴答滴答聲響的頻率不斷加快，聽起來像是馬上就要爆炸一樣。「我真的很希望當初有機會時能仔細問過他這些問題，因為跟預期相比，在這裡等著他的危險實在太多、太多了。」

「所以後來他發現維奇．若克特是其中一名在爆炸中失蹤，且正在接受調查的巫師，」白鑞輕聲說，「而最後良機旅店是他失蹤前最後一個被目擊出沒的地方。」

賽斯忍不住盯著白鑞看。那位失蹤的科學巫師曾經住在這裡這件事——賽斯懷疑就是他讓這裡處處充斥著魔法的痕跡，而且很大一部分是邪惡的魔法——白鑞到底知道這些事多久了？

「我一直責怪自己，覺得是我把博士拖到這個地方，讓他置於險境。我之前完全不曉得原來他身處如此駭人的危險之中。」安卓莉的語氣充滿哀傷。「現在我至少可以試著找出他來這的原因，並完成他當初決意要做的事。」

「關於這點，」白鑞說，「我懷疑其實沒有那麼充分的個人理由，讓他非得親自來確認維奇．若克特是生或是死。我猜測他真正感興趣的，是來尋找可能遺留在此的邪惡魔法裝置。」

「所以妳是循著維奇．若克特的蹤跡才來到旅店，」賽斯對安卓莉說，「而不是為了來這裡謀殺泰洛迷斯博士？」

「沒錯，賽斯，謝謝你特別指出這點。」

齒輪終於都就定位了。「妳之所以會來到這裡，是為了暗中調查維奇．若克特這位巫師是否還活著，」賽斯說，「我知道這代表什麼意思。我知道妳到底是誰了，安卓莉，也知道為什麼妳不能告訴我們的原因。因為妳是一名正在執行臥底任務的魔法祕密探員。」

45. 動作快點

安卓莉毫無退縮的神色。「好吧，賽斯，看來我的偽裝已經被識破了。但是，請把我當成清潔工就好，我實在不喜歡『魔法祕密探員』這類稱呼。總之，現在能請你回答我某些問題了嗎？」

不過賽斯繼續：「所以，妳來這是為了進行調查，並清除潛伏於此地的邪惡魔法？妳所謂的『清潔』就是指這件事嗎？」

安卓莉點頭。「如果這裡出現了我們認為不該落入錯誤之人手裡的魔法書籍與裝置，我也得負責帶走。」

「我的小黑書。」賽斯喃喃說著。

「沒錯。我很想要詳細了解關於那本小黑書的事。」安卓莉說，「賽斯，你之前跟我提到的那個東西，我想知道你是不是從那本書裡讀到的？」

賽斯猶豫了一下，但馬上意識到繼續保密已經沒有任何意義了。「小黑書裡有張螢火蟲之籠的圖片。我會注意到是因為它看起來像邦恩先生的迷你鳥籠，而且我知道他把鳥籠放在這裡。」他指向天花板上那根空蕩蕩的掛鉤。

安卓莉盯著天花板看了一會，接著便跳上拋光圓桌，對著天花板炸射出一道藍色火花，然後用手杖的頂端讀著資料。賽斯聽到白鑞啪地一聲闔上本來拿在手裡的書。

「葛蘿莉亞指控泰洛迷斯博士發明了螢火蟲之籠，但那個籠子卻從此下落不明。」賽斯困惑地說，抬頭看著上方空無一物的掛鉤。「你的意思是——你該不會認為邦恩先生的迷你鳥籠就是泰洛迷斯博士發明的螢火蟲之籠吧？那是用極其邪惡的魔法做成的可怕裝置耶，真的有可能會出現在這裡嗎？」

「如果是真的，那麼泰洛迷斯博士來到此處的真正原因就是為了這項祕密任務。」白鑞大喊。「他一定是猜到自己的螢火蟲之籠有可能落入像是維奇．若克特這樣的科學巫師手中，所以多年來不斷追蹤籠子的下落，而他藏起來的那把鑰匙能夠打開籠子。」

安卓莉跳下桌子，「你們找到了螢火蟲之籠的鑰匙？」

賽斯和白鑞雙雙點頭。

「應該說，我們的確找到了鑰匙，」賽斯說，「不過我完全想不出那到底是什麼東西，而白鑞警探始終覺得它很重要。他相信泰洛迷斯博士一定是為了某種原因才把它帶來這裡。我猜博士想要找回螢火蟲之籠，然後鎖起來，不讓任何人再有機會使用它。」

「邦恩先生一定是從某個地方獲得魔法。」安卓莉看著手杖的頂端，皺緊了眉頭。「但從一開始就讓我不解的是，這裡所有的魔法痕跡應該都是很久以前留下的，我不懂為什麼所有的讀數卻都屬於那種受到扭曲的魔法。」

賽斯想起之前安卓莉曾解釋過，螢火蟲之籠代表巫師的魔法可能受到其他人占用。最後，他想通了，這就是邦恩先生之所以能夠施展魔法的方式，他就是用這種方法讓亨利雕刻的木偶活起來。邦恩先生一直在使用螢火蟲之籠裡的魔法。

安卓莉把紅色手杖夾在腋下。「邦恩先生根本不知道自己面對的是怎樣的魔法，」她環視著四周，「如果泰洛迷斯博士的螢火蟲之籠落到維奇・若克特手裡，就能解釋為什麼這個地方會有那麼多魔法的痕跡，那些魔法甚至滲透到了牆中。但這樣一來，我們就要面對那個最大的問題——」她指著天花板上空蕩的掛鉤，「螢火蟲之籠現在在哪？」她走向門口，拉起掛毯。「還有，其他人跑哪去了？」

「蒂芬妮失蹤了，所有人都在找她。」賽斯說。

「他們全都去了某個叫做螢火蟲林間棲地的地方。」白鑞說著，兩手並用地彎腰穿過門口。「聽起來滿有趣的，我提議我們也跟去吧。」

「動作快點。」安卓莉大步跑向交誼廳的門口。「螢火蟲之籠是用邪惡魔法做成的強大工具，而現在擁有螢火蟲之籠的人一定就是他們其中之一。他們根本不懂自己面對的東西有多可怕。」

安卓莉舉起手杖擋住賽斯去路。

「你不能去。」她抬起頭，用深色雙眼嚴肅地看著賽斯。「太危險了，你待在這裡。」她縱身跑進外頭那片烏漆抹黑之中。

賽斯本想抗議，但他腦中已經立刻規畫起另一項計畫。有件事真的很需要他去做。不一會安卓莉又跑了回來，「你真的覺得我會殺他嗎？」她聲音裡有著沉重的哀傷。

接著，她便又轉往森林的方向跑走了，完全沒等賽斯的回答。賽斯聽到她的聲音從黑暗中傳來：「希望不要再有其他人犧牲了。」

46.
誰

賽斯清楚知道自己要去哪裡，也非常明白該做什麼。他感覺自己的腦袋彷彿就像安卓莉的紅色手杖一樣，此刻也正發出那種滴答滴答的聲音。

現在，他得暫時放手讓安卓莉和白鑞去煩惱螢火蟲之籠，讓自己能全心專注在另一項維奇．若克特以前設置在旅館裡的魔法裝置上。

賽斯確信，在下榻最後良機旅店的這群人之中，有人在抵達之前就已經知道這裡潛伏著哪種邪惡魔法。這個人帶著詳細的全盤計畫入住旅店——如何搶先泰洛迷斯博士一步獲得螢火蟲之籠、永遠除去泰洛迷斯博士……還有，如何用最輕鬆的方式擺脫這些罪名。

賽斯一邊在樓梯上飛奔一邊想著，自己能逃過這劫實在太幸運了，只差那麼一點他就要擔下所有責任。在這之前，他是所有人之中唯一一個可能犯案的嫌犯，情況糟糕到幾乎不可能逆轉，但現在，他已經解開每一道謎題了。

如果他的推測沒錯，那麼他終於能確定犯人到底是誰。

而這是他證明這一點的大好良機。

賽斯猛然推開六號房的門，直接走向房內的書桌，開始搜索那個能夠證實他所有揣測的物品。這麼做能證明真相，並澈底洗刷自己的冤屈。他很確定自己曾經看過那樣東西，而地點就在這裡。

他現在要做的，就是找到那樣物品，並以無懈可擊的方式澈底證明自己的清白，接著他就自由了。

「賽斯，你現在打算怎麼做？」

賽斯轉身，看到夜影已靜悄悄地踩著肉墊來到他的身後。

「旅店裡的畫經過特別設置，目的是把它們當成某種祕密通道，而你可以用一種稱為逃跑鏡的魔法裝置來使用這些通道。這樣就解釋了葛蘿莉亞・鱒豆為什麼會在她房間裡看到會移動的灰色形體，還把那當成是泰洛迷斯博士的幽魂。」

夜影的鬍鬚一陣顫抖。

「不只如此，這還能回答我從一開始就在思索的問題。這幾天我問了自己好幾十次這道問題，但連該從哪裡回答起都沒概念：到底一個人要怎麼進入餐廳，並對泰洛迷斯博士的甜點下毒呢？兇手一定是使用了逃跑鏡。可是鏡子現在卻不在這裡。」他挫敗地捶了一下桌面。

「是翠鳥做的？」夜影說。

「一定是，不過我得證明這一點。」賽斯瘋狂地查看桌上的每樣東西，但鏡子根本不在這裡。「我第一次看到的時候以為那是我的鏡子，還把它拿了起來。現在我知道那一定是逃跑鏡。但是，為什麼鏡子會不在這裡呢？這樣我該怎麼證明他幹的好事？」他焦急地說。

夜影跳上桌面。

「你說他有備而來，對吧？他一定非常了解這座旅館的一切。」她帶著氣音嘶嘶說著。「他一定在到達這裡之前就知道自己要用什麼方法在旅館裡移動，或是該如何繞過上鎖或是施了咒語的房門。」

「這段期間我一直都擁有問題的答案。那面鏡子有時候會顯示其他房間的景象，我早就該想到那是一項魔法裝置了。」

「賽斯，你不可能會知道的。但是話說回來，反正你現在已經想通了。」

「可是要怎麼證明呢？沒有鏡子，我就沒有證明的機會。」

「別擔心，賽斯，我想我有你需要的證據。」

她動作優雅地越過房間，指向釘在門後的某樣東西。那是一張卡，類似遊戲用的卡牌，用匕首形狀的金色釘子釘在門上，卡面畫了一朵紅色的花。

賽斯緩慢地拔下釘子，注視著那張卡片。「我很確定自己知道這是哪種花。這是紅纈草。」

「翠鳥就是紅纈草！」

賽斯想起笨手笨腳的翠鳥，仔細想了一陣，還是沒辦法想像他是案子的主謀。

「我猜，翠鳥應該只是受人指使。」賽斯把卡片收進口袋。「我看得出來，這一切都是紅纈草為了除掉泰洛迷斯博士而生的計畫——並同時獲得一項強大的魔法裝置。夜影，照這樣看來，他就要得手了。」

窗戶上有個奇怪的東西吸引了賽斯的注意。

「翠鳥負責封住所有的出口。」夜影說。「你覺得他有聰明到要記得留下一條讓自己逃跑的路嗎？他很可能已經離開了。」

賽斯感覺胃中有股重量猛然下沉。「但應該還不算太晚。天啊，那是什麼東西？」

賽斯看到窗戶外出現一片巨大、鮮豔，幾近螢光色的綠色光芒，就在螢火蟲林間棲地的方向。

「那是什麼鬼東西？」夜影說。

「我不知道，我們應該去看一下。」賽斯說著，噁心的感覺不斷湧現。「但肯定不是好事。」

47. 意料之外的敵軍

他們鑽進森林，往發出綠光的方向衝去。今晚的森林感覺好像比以往更靠近旅館了一些。

樹木長得極為稠密，一陣子之後甚至擋住了賽斯和夜影賴以追蹤的那道詭異光芒。賽斯停下腳步。他很清楚，當你身處森林中，最好花點時間停下來讓呼吸和心跳平穩，這樣你就能聽到某些東西。他停了好一會，讓自己的氣息完全穩定，並仔細聽著森林的竊竊私語。森林想要告訴他什麼呢？

踩著小短腿的鄧斯特－鄧斯特伯、派博靈教授那身飄逸長裙和到處飛舞的個性，還有葛蘿莉亞和其他人，他們現在應該全部都在這裡尋找蒂芬妮。賽斯想不通，為什麼這些人會想在夜色漸濃的時候跑進溼冷的森林裡到處亂走，尤其當你離旅店越遠、離河越近時，地面也會變得越來越泥濘、溼軟。

所以，大家都到哪去了？

他完全聽不到搜索的聲音，也沒聽見有人在喊蒂芬妮的名字。

一切都那麼陰暗，而且安靜得詭異。遠處隱約傳來某種賽斯熟悉的聲音，是在黑夜中傳來的水流沖擊聲。他跟夜影一定是跑到河邊了。其他人找到蒂芬妮了嗎？他是不是剛好錯過了大家，其實他們早就回到最後良機旅店，全都坐在交誼廳的沙發椅上喝茶了呢？但是，螢火蟲之籠現在又在哪裡？

此時，一陣尖銳高亢的驚惶尖叫聲劃破了這片寂靜。

賽斯一鼓作氣往前衝去，身旁跟著夜影。黑暗中，賽斯的腳不斷受到樹根阻礙，讓他幾乎就要跌翻在白鑞和安卓莉身上。他們兩人正趴伏在厚厚的樹叢中。

「發生了什麼事？」賽斯問。

但他一抬頭就發現，他們根本什麼都不必解釋。他正看著某場惡夢的其中一景，派博靈教授、鱒豆小姐、鄧特—鄧斯特伯大師和馬爾德伯爵都在這裡，一旁跟著霍瑞修和諾麗．邦恩，甚至連亨利也在。他們全都蜷縮著，圍成一個圈，緊緊抓著彼此，極為痛苦的臉上神情恐懼。他們的臉因為那陣奇怪的光芒而染上一層綠，但那卻並非螢火蟲發出的光。

某種東西包圍在他們四周。一群由木頭和蔬菜雕成的動物。那應該是亨利的動物雕像，除此之外賽斯再想不到其他可能了。雕像們全都活了過來，跟安卓莉之前描述邦恩先生施展魔法時的狀況完全一樣。

差別是，眼前的雕像全都長成了怪物。它們是盲目、體型沉重的巨大生物，有著卡榫式的笨重雙腿和無法視物的木頭眼睛。怪物在黑暗中胡亂揮舞著四肢，把蜷縮在它們影子底下的人們團團包圍，任何人若是試圖逃離圓圈，無疑都會替自己招來粉身碎骨的下場。

白鑞在掌心點燃一陣光團，明亮如火柴，他細心地照顧著那顆光球，不一會，光球便轉為火焰。白鑞摀著雙手捧著那團火，彷彿正在判斷該如何施放。

賽斯用氣音警告：「如果你現在發出火焰，的確可能會讓那些東西著火，但其他東西也可能會像火種一樣跟著燃燒起來。大家可能會因此困在火牆之中，而且要是火焰燒到森林怎麼辦？」

白鑞馬上把火焰撲滅。

賽斯看著白鑞和安卓莉的臉，兩人臉上都帶著同樣的綠色反光。「你們兩個都能使用魔法，難道不能讓那些怪物縮小成正常體型嗎？」

「這附近已經存在太多魔力了，」安卓莉解釋道，「要是再加上更多魔法，恐怕會造成非常可怕的爆炸。」

賽斯轉過頭，視線飄過嚇呆的大家所圍成的圓圈，飄過可怕木雕怪獸聚集而成的圓圈，直望向黑暗之中傳來奔流河聲的那個方向。一定有方法可以解救大家。他隱約可以看見綠光是從哪裡發出來的。翠鳥人在哪裡？

他轉身、伏低，朝向瀑布方向跑了出去，然後繞過深色的樹林，利用自己對這片森林瞭若指掌的熟悉度，躲藏在光芒閃爍範圍外的黑暗中。

一靠近光源，光芒就變得越來越強，亮得令人眼睛發疼，賽斯被迫舉起手臂擋住雙眼。但他還是勉強認出那是一個人影。一個嬌小的身形高舉著某個物體，從中射出刺眼的白色光束。空氣中充滿了某種濃烈的燒焦橘子的味道，同時混雜了像是即將滅盡的火焰所發出的煙味。

賽斯看得出來，他最好的機會是繞到那個人影後方，攻其不備，而這或許也是他唯一的機會。這時人影轉了過來，賽斯能清楚看到這個拿著小籠子的人到底是誰。一陣美麗的金色光芒正從籠子的欄柵之間潑灑出來，而高舉著籠子的人是蒂芬妮。

令人著迷的光芒從她舉在手中的物體傾瀉而出，蒂芬妮得意洋洋的白皙臉龐就在那陣光中閃閃發亮。

賽斯一步步逐漸靠近，很明顯就能知道是蒂芬妮在用籠子控制那些怪獸般的木製雕像。同時賽斯也看得出來，就連蒂芬妮的父母和亨利此時都對她面露畏懼。蒂芬妮命令那些巨大笨重的樹狀怪物圍成圓圈，而那些怪物們受到蒂芬妮高舉過頭的籠子發出的光束所控制，全都如僵屍般盲目地踱著步。

賽斯已經靠近到足夠一口氣衝上去的位置了，他知道自己能夠制伏蒂芬妮。就在這個時候，一顆拳頭突然憑空出現，砸中賽斯的側臉，將他打得頭暈腦脹。雖然眼前星星飛舞，但賽斯還是設法站穩、轉過身去。那撇小鬍子洩漏了對方的身分。

「賽斯，我在第一次碰面時就想這麼做了。」

48. 我馬上就能擺脫這一切了

「這不就是我最愛的頭號嫌犯嗎。真應該直接把你鎖死在櫃子裡，我這個人的問題就是太心軟了。」

賽斯咬緊牙，努力不暴露出翠鳥這一擊對他的影響。他現在知道殺了泰洛迷斯博士的人是翠鳥，這點無庸置疑，但現在不該是發洩自己憤怒的時候，他必須想辦法拯救在場的所有人不受蒂芬妮傷害。

「我們得停——」但他沒辦法再說下去。

他覺得有東西抓住自己的腳，困住他的行動。翠鳥就站在幾呎外而已，賽斯幾乎可以確定一定是他用魔法緊緊抓住了自己。賽斯不情願地被往前拉到翠鳥面前，翠鳥一伸手抓住賽斯，就立刻將賽斯的手向上扭轉，讓他痛得大叫。

「本來以為要讓你背黑鍋是件很容易的事。我應該昨天就要離開這裡的，帶著上了手銬的你，完美達成任務，在慶祝聲中離開。你真的讓人覺得很頭疼呀，賽斯，現在該換我來讓你疼一下了。」

賽斯試著扭開自己的手掙脫，但翠鳥將他抓得非常結實。賽斯覺得，要不是因為翠鳥這樣拉扯他的手臂，他應該隨時都有暈倒的可能。

「你殺了泰洛迷斯博士。」賽斯緊咬著牙說。

「而且我馬上就能擺脫這一切了。你阻止不了我，我永遠都早你一步。」

「早我一步？那為什麼還要把蒂芬妮牽扯進來？你這是不得不的選擇，因為你太過無能，沒辦法靠自己一個人就把罪怪在我身上。你失敗了。」賽斯試圖順著角度轉過去，但只是讓翠鳥把自己的手臂扭得更深，幾乎到了可能隨時會被扭斷的角度。他感到疼痛和汗同時爆發開來，一時間甚至連視線模糊了，但他最終將思緒聚焦在一件事情上：翠鳥殺了泰洛迷斯博士，絕對不能讓他逃過應有的懲罰。賽斯必須想辦法才行。

「這就是你的問題了，賽皮。」翠鳥在他耳邊噓聲說道。「你總是這麼愛擋路。就是因為你，我才非得使出這些手段，放棄本來的計畫，並把她扯進來。」翠鳥舉起手用食指比著蒂芬妮，眼神也看了過去。

他的注意力移開了一秒。雖然只有一瞬間，但已經足夠讓賽斯抓住機會，用靴子猛力踹向翠鳥的腳踝，踢得他大嚎。

在這之前，賽斯一輩子從未故意造成任何人任何痛苦，但當他一想到泰洛迷斯博士，另一隻手就不由自主地握成了拳頭。他只有一次機會，他知道自己這一拳必須命中要害。他用拳頭猛力往翠鳥臉上招呼過去。

「這拳是為了你把我關在櫃子裡。」他說。

他揮拳之後又抽回手肘，然後再次擊中翠鳥下巴前端柔軟的部分。

「這拳是為了泰洛迷斯博士。」

賽斯放著四肢大開躺在地上的翠鳥不管，帶著重新獲得的自由往下一個目標前進。他迅速衝了出去。他知道自己只有幾秒鐘的時間，但還是有機會能讓蒂芬妮措手不及。

他跑向蒂芬妮。本來就要達成目的了，只是在他剛好衝出陰影時，翠鳥已經回過神來，並向蒂芬妮大聲喊出警告。

蒂芬妮轉過身，在最後的緊要關頭發現了賽斯，她臉上的表情從本來邪惡的得意笑容轉成訝異、震驚。

然而當她認出那是賽斯時，那股笑容又回來了，睨視的眼中滿是邪惡。

賽斯毫不在乎地繼續朝她奔去。

他沒去搶那只籠子，反而是伸出雙手結實地撞上蒂芬妮，讓她向後踉蹌了幾步。她那張無瑕的臉蛋出現一片再適合不過的震驚表情。

她還是緊緊抓著籠子沒放。賽斯進一步欺近身去，用其中一隻腳勾住蒂芬妮的右腳，讓她直接往後傾倒，面朝上，重重地摔在地上。

螢火蟲之籠從她手中掉落。

她的手一鬆開籠子，賽斯就立刻轉頭去看。所有木頭雕像都滾落在地，而一道道的白光也瞬時消失，彷彿被人按掉了開關。巨大的木頭雕像都停止動作，並開始縮小成本來的尺寸。它們歪斜、搖擺著不斷萎縮，彷彿正在融化的雪人。

趴在地上的蒂芬妮朝賽斯爬去，但還是被賽斯發現。他用腳一蹬，便趕緊衝出去搶螢火蟲之籠。

不過，隨著魔法光芒的消失，任何能在這時看見東西的希望也都跟著逝去。雖然月光、星光和附近螢火蟲林間棲地的微弱綠光還能照映出非常模糊的影子，但除此之外，賽斯什麼也看不到。

有某個東西用盡全力朝賽斯的側邊飛撞過來，這次輪到賽斯被擊倒在地，單邊肩膀噗嗤一聲全壓進原本腳下所踩的柔軟腐葉之中。他向前伸長了手，在近乎全黑的空中一陣亂抓。他知道翠鳥就在前面，螢火蟲之籠大概也就在這附近，但這時兩人因為黑暗而完全看不見彼此，於是便都在泥土中胡亂摸找。

賽斯隨後摸到了籠子，便將它一把抓起，意識到自己被賽斯搶先一步的翠鳥則憤怒地拉開喉嚨怒吼。他再次朝賽斯撲了過來，並用手勒住賽斯的喉嚨。賽斯直望進翠鳥瘋狂的雙眼之中，試圖掙脫，但他開始感覺窒息，脖子上的壓力讓眼前的世界變得模糊起來。賽斯在幾秒鐘後才想起來，自己其實有可以拿來攻擊翠鳥的武器，於是便將手中的籠子砸向翠鳥的頭。

翠鳥鬆手癱倒在地，賽斯趕緊拼命吸進幾大口冷空氣，暗自希望其他人都已逃往安全的地方。

賽斯彎腰喘著氣，他的手臂還因為翠鳥的扭轉而發疼，喉嚨感覺起來像剛吞了砂紙似。此時，賽斯看到在黑暗中有道人影閃過，覺得那肯定是想要逃走的蒂芬妮。

她正往瀑布的方向走去，但河流的存在代表了她其實無路可逃。此處的急流非常洶湧，水流的警告怒吼響徹空氣中，但賽斯別無選擇，只能倉促地跟上蒂芬妮的腳步。孱弱的月亮從雲層後方浮出，不過瀑布噴濺的水花幾乎遮蔽住賽斯的所有視線，即便有月光也沒有任何幫助。蒂芬妮逕自走至瀑布旁邊。

她開始向上爬，賽斯也緊跟在後，一隻手還抓著螢火蟲之籠。他們越爬越高，岩石也越來越溼滑。

突然間，有人從後方抓住他。正當他打算擠出最後殘餘的力氣掙脫時，便感覺有銳利的刀尖抵住了他喉頭上的一點。

「你最遠只能走到這裡了，賽皮。」翠鳥的聲音就在他的耳邊，「把東西交出來。」

翠鳥必須用喊的才能蓋過水流狂暴的怒吼。

翠鳥用刀戳著賽斯，意圖把他逼向崖邊，而賽斯唯一能做的就是緊握著手裡的螢火蟲之籠，然後一步步後退，直退到某塊岩石的最邊緣。岩石凸出於瀑布，下方就是奔騰的水流。他兩隻眼睛轉了過去，看到水流從瀑布衝出，在底下形成激烈轉動的漩渦。

翠鳥和蒂芬妮決定往瀑布前進這一點的確出乎賽斯意料，他不懂他們到底在打什麼主意。即使這時有人能在黑暗中看到他們往這邊走來，大概也會因為距離太遠而無法提供協助。

翠鳥手中的刀身閃爍著銀光。

賽斯別無選擇，除非他讓自己墜入無情的水流之中，否則就得交出螢火蟲之籠。他的確可以那麼做。他也可以帶著螢火蟲之籠一起跳入水中，成為他們這一人一物的共同結局。這是唯一的解套方法。

賽斯的視線越過翠鳥的肩膀，看到他身後的蒂芬妮因為在岩石地形上跌跌撞撞，所以越走越慢。

但賽斯也瞥見某個令他訝異的東西。有人沒返回旅店，反而選擇在一片黑暗中出來尋找他們，而且這個人正悄悄地接近蒂芬妮。那是體型龐大、布滿疤痕的馬爾德伯爵。

接著，一道藍色火花擊中翠鳥的胸膛，翠鳥鬆開手裡的刀，往下墜落的閃亮刀身彷佛閃電。賽斯轉頭看見安卓莉，她臉上的神情堅定。

翠鳥再次迅速朝賽斯衝來，不是為了抓住賽斯，而是要來搶他手中的籠子。現在他們兩人同時抓著螢火蟲之籠，沒有人願意放手，於是扭打在一塊，並雙雙滑倒在危險的岩石上。一瞬間，賽斯覺得自己踩空了，他整個人向後倒，奔騰的水聲像打在耳邊的雷似地那麼近。但他還是抓著籠子沒放。

安卓莉走過來，用手杖在貼近地面的高度一掃，揮過翠鳥的腳，翠鳥抓著籠子的手頓時鬆開。但賽斯之所以還沒摔進水中就是因為翠鳥，現在這麼一著，他便感覺自己也跟著往後跌落。

此時有隻手抓住了他。那隻手牢牢地抓著賽斯，將他緩緩從懸崖邊拉至安全的地方。站穩後的賽斯發現自己正與安卓莉．絲奎深色的雙眼對望。他們兩人同時轉身，正好看見已經往前跳去的翠鳥，他像抱著獎盃似地緊緊抓著螢火蟲之籠。

這裡水聲太大說話也聽不清楚，但賽斯還是用嘴型說了：謝謝。

賽斯不懂為什麼翠鳥現在還要往瀑布的方向前進，但他發現蒂芬妮此時也正搶先馬爾德幾呎的距離，往同一個方向爬去。

賽斯掙扎跟上，努力抵抗著疲憊。此時，蒂芬妮帶頭，領先幾呎後的馬爾德，而賽斯也正不斷緩慢、痛苦地上攀，勉強縮短他和翠鳥之間的距離。安卓莉則跟在最後面。

他們全都緩慢地向上爬，任憑水滴打溼自己並幾乎遮蔽前方的視線。

當翠鳥終於出現在眼前伸手可及的距離時，賽斯疲倦地朝他撲了過去。翠鳥試圖反抗，開始向旁邊爬過幾顆石頭，然後繼續朝著瀑布最高點的方向前進，水流從最頂端的山坡披瀉而下。翠鳥手裡還是緊抓著螢火蟲之籠。

突然間，賽斯感覺蒂芬妮全速朝他側邊衝撞過來，撞擊力道之大讓他頓時亂了呼吸。她試圖踢向賽斯，但他伸手抓住她的腳，猛然扯開，讓她失去平衡。賽斯滿足地看著她的正臉直接撞上地面，不過蒂芬妮馬上又撇過頭來對賽斯咧著嘴笑，炫耀似地露出一口白牙，意思是在告訴他：你根本沒傷到我。

賽斯一拳打在蒂芬妮臉上。他本來覺得自己會下不了手，但實際發現要這麼做一點也不難，畢竟他常常在腦中想像自己動手的場面。賽斯的拳頭才剛碰到蒂芬妮的鼻子，她就開始尖叫，不過賽斯這一拳也足夠讓她的鼻子滴出一滴鮮紅的血珠。

「賽皮！看看你對我鼻子做了什麼！」蒂芬妮說著，眼中充滿淚水。

賽斯不管她，逕自去追翠鳥，任蒂芬妮自己去想辦法處理流血的鼻子。賽斯繼續爬上溼滑的岩石，他的拳頭傳來刺痛。

他全身溼透，不僅沾染了蒂芬妮的血，同時還因為剛才被翠鳥掐住脖子而幾乎說不出話來。賽斯粗著氣大口呼吸，還是相信自己能夠阻止翠鳥，並拿回那只螢火蟲之籠。

這時，站在高處的翠鳥揮了揮手中的某個東西，賽斯仔細一看，發現是他的那本小黑書。

翠鳥高舉著書，在奔騰的水流上方懸盪著，威脅著要把書丟進水中。賽斯認為自己做得到，覺得他應該能及時衝到翠鳥身邊。翠鳥大笑起來，接著賽斯就看到他那本珍貴的小黑書被捲起，從翠鳥手中扔了出去，直奔毫不留情的河水之中。賽斯根本沒有多加思考，視線立刻跟緊扔出書本的方向，並且衝過去抓住書。他用指尖夾住小黑書，差一點永遠消失在河中。當他回神看向四周，還摀著鼻子的蒂芬妮正要走到翠鳥身邊。

翠鳥伸手要拉她一把，但她卻沒有同樣遞出手。出乎意料地，蒂芬妮反而伸手去抓螢火蟲之籠，並把翠鳥推至一旁，將他撞得失去平衡。翠鳥因為太過震驚而完全無法阻止，反倒蒂芬妮像是為了確保自己能對翠鳥造成的傷害似地，又立刻拿起螢火蟲之籠敲向翠鳥頭部側邊。

他們現在已經爬得很高了，幾乎就要到達瀑布頂端，水聲震耳欲聾。瀑布怒吼著，蒂芬妮在瀑布的最邊緣處停下腳步，賽斯此時發現，她所站的位置旁邊有一塊看起來像是平整大岩塊的東西，岩塊微微地閃爍著，彷彿正往遠方移動。賽斯覺得事情不太對勁，但已經太慢了。

蒂芬妮一隻手向前舉起，並伸直了指尖，同時另一隻手緊緊抱著螢火蟲之籠。她的手摸上那塊扁平的大岩塊。
然後人就不見了。
消失得無影無蹤。

49. 最後的希望

賽斯看著空蕩蕩的岩塊，蒂芬妮就是在他的注目下從這裡消失。

「好吧，」有個聲音說。突然出現在賽斯身旁的白鑞警探對著空無一人的岩塊點了點頭，髮梢和鼻尖還不斷滴著水。「這下子我星期一要寫的報告可多了。」

同樣渾身溼透的翠鳥頭髮全伏貼在臉上，連小鬍子也垂頭喪氣。他憤怒地吼著：「她從我設好的傳送門逃走了！還帶走了螢火蟲之籠！我們要趕快去追她，我們要阻止她，我們——」

「年輕人，你哪裡也不能去。」白鑞咆哮道，「我現在要以魔警隊的名義逮捕你。」白鑞從口袋中拿出一條看起來像是綠色細麻繩的東西。賽斯暗自想著，如果白鑞真的打算把翠鳥綁牢的話，應該要用更結實的繩子，而不是這種綁番茄的細繩呀。

「不！」翠鳥剩下的怒氣全都消散在瀑布的洪流之中了。他看了一眼那條麻繩後就開始不斷後退，並惡狠狠地朝白鑞踢了一腳，但白鑞靈巧地躲開了。賽斯完全沒看到白鐵怎麼把翠鳥的雙手拉到背後，不過當翠鳥雙手一被綁起，他便立刻停止喊叫，也不再掙扎，完全安靜下來。事實上，他只是一動也不動，像顆氣球似地漂浮著。

「這就是用魔法逮捕的方式。」白鐵向賽斯解釋。

這是賽斯記得的最後一句話，隨後他的頭就陷入一陣暈眩。他開始感覺到被拳頭擊中頭部所造成的所有疼痛，還有在樹林中追逐和攀上瀑布最頂端所累積下來的疲憊感。他覺得虛弱感接管了他的雙腿，然後一陣腳軟，便在白鐵腳邊癱軟成歪七扭八的一團了。

*

有人把賽斯安穩地抱上床。他當時的第一個念頭是，他要躺在這裡越久越好。要是可以的話，他想把整個人依偎在枕頭裡，永遠都躺在上頭。夜影蜷縮在床的尾端，賽斯放慢自己移動腳的速度，以免吵醒她。

他艱難地舉起一隻手，試探性地放到自己頭上。感覺起來，他的頭彷彿腫得像西瓜那麼大，而且還陣陣抽痛，彷彿有人正在用槌子敲打那顆西瓜。

他很想知道後來發生了什麼事，甚至比對睡眠更加渴求，於是便蹣跚下樓，循著談話的聲音來到廚房。他之前習慣把小黑書深藏在上衣內側，他伸手去摸，卻發現已經被人拿走了。賽斯緩慢地走進廚房，裡頭只有白鑞、馬爾德伯爵和安卓莉。

「為什麼呢？他到底為什麼非得殺了他不可？」馬爾德伯爵啜泣著。

「我很懷疑翠鳥有聰明到能計畫出這一切，」白鑞平靜地攪拌著茶，發出一陣細小的聲音，「我猜他是受人指使。」

「紅纈草？指使翠鳥去取得螢火蟲之籠，並在過程中處理掉泰洛迷斯博士嗎？」

白鑞點點頭。「當翠鳥沒辦法把責任推到賽斯身上時，計畫就出了差錯。後來的事情發展超出他能力範圍，而且又被想插上一腳的蒂芬妮發現，最後連蒂芬妮都反過來將了翠鳥一軍。」

「蒂芬妮本來就很聰明，只是她之前都沒遇上值得她好好發揮腦力的事。」賽斯說。

廚房很整齊，聞起來有水煮蛋和吐司的香味。因為聽到每個人都對他說早安，賽斯便瞥向廚房裡那只裂開的時鐘。他對自己竟然睡了好幾個小時感到驚訝，完全不敢相信現在已經是早上。

他猜其他客人可能都已經離開，而邦恩夫婦和亨利要不是還在睡，就是難得地安靜，沒來鬧事。

事情真的結束了嗎？他真的已經脫離嫌疑了嗎？

賽斯想起當初蒂芬妮跑到他房間裡把小黑書跟金幣都翻出來，然後他又被迫承認自己身上帶著一瓶毒藥，那時他真的覺得自己完蛋了。一切罪證確鑿，他已被這件案子纏上，再也沒有機會洗刷罪名。

白鑞把一杯濃茶推給賽斯。「希望你睡得不錯。我們花了兩年追捕紅纈草，連一條線索都沒有，只找到一大堆令人不舒服又疑點重重的死亡事件。」白鑞轉回去對著馬爾德繼續說：「我已經把翠鳥先生轉交給其他人了，那些人應該會很高興能夠聽到翠鳥告訴我們的那些事。」

賽斯本來覺得自己的下場是落入某間陰暗的牢房，現在他倒希望翠鳥會在同樣的牢房待上非常久的時間。

「翠鳥有一面逃跑鏡，跟我的一模一樣。」賽斯解釋道。他的喉嚨還因為翠鳥的攻擊而感到刺痛。「他就是用這個方法帶著毒藥進入餐廳，最後還把罪推在我身上。一切都是預謀好的。」

他想到之前沒機會提起曾在翠鳥房中找到紅纈草的名片，此時便僵硬地走向白鑞，疲憊地交出他從翠鳥房間拿走的卡片。「我想這應該能證明翠鳥是紅纈草的手下了吧？」

「博多，雖然要找回螢火蟲之籠得再花點時間，但至少我們現在已經找到殺人凶手了。」白鑞說。

「我還是不能理解，他竟然差點就要逃過這項罪名了。」博多邊搖頭邊說，「用那種方式在甜點裡下毒讓案情變得非常複雜，也讓人很難把他視為嫌犯。真是狡猾的傢伙。」

「在我們有機會從翠鳥口中得到全部的真相之前，我能做的也就是提供揣測，雖然我很確定它們應該都不太準。」白鑞說。「但是即便如此，我們也別忘了——他當初可是能用逃跑鏡在旅館裡自由來去，能夠下手的空檔極多，托伯的生死其實早任他捏在手裡。」白鑞若有所思地啜了口茶。「我想他一直都在找適合下手的機會，好讓自己能逃過一劫，並讓其他人替他頂罪。我們現在知道他到達旅館時身上就已經帶著毒藥，他本來的計畫可能只是趁托伯落單的時候溜進托伯房裡這麼簡單而已，關於這點，我們可能永遠都不會知道了。總之，我想他一定看到了最後送進餐廳的那份甜點，上面明確標示僅供泰洛迷斯博士享用——難道你們不會做出一樣的選擇嗎？那可是不容錯過的大好機會，還能夠確保他看來絕無犯案嫌疑。」

賽斯攤坐在安卓莉旁邊的其中一張椅子上。安卓莉面前放了一杯黑咖啡，而她正安靜地看著紅色手杖的銀色頂端。

「當蒂芬妮知道下榻旅店的所有人都擁有魔力時，她就會竭盡所能抓住機會，讓她自己也擁有魔力。」賽斯說。「翠鳥不可能會知道蒂芬妮是那種只要一逮到機會就會背叛你的人。當她一意識到自己有機會偷走某個極為強大的魔法裝置並占為己有，她馬上就行動了，而且還立刻用那個魔法裝置做出非常可怕且糟糕的事情。」他喃喃說著。

白鑞的手穩穩地握住賽斯肩頭。「擁有魔法對某些人來說會造成非常錯誤的影響。」

「所以她現在擁有魔力了嗎？她會擁有螢火蟲之籠的魔力嗎？」馬爾德伯爵問。

賽斯想起那些笨重的無眼怪物，他知道，那不只是不好的魔法而已，而是非常可怕的法術。

「我們必須在她知道如何控制籠子之前抓住她。」白鑞向伯爵保證，並看了一眼手上裝飾繁麗的手錶。「如果她試圖使用籠子的力量，我覺得她應該有一半的機會被燒得精光。」

「白鑞，另一半會發生什麼事？」

「她會成為世界上最強大的小女孩。」

50. 魔法的遠景

安卓莉仔細查看那發著藍光的手杖頂端。接著迅速關上杖頂，用手杖在鞋邊敲了一下，並對白鑞微微點了點頭。

白鑞轉向伯爵說：「我們追蹤到蒂芬妮的速度應該會比你想像中更快，而且目前也占了很大的優勢，我們應該持續追查。」

這是否表示安卓莉已經從她的調查資訊中得到了某種線索，能夠知道蒂芬妮傳送的目的地呢？賽斯猜想應該如此，但他對魔法還懂得太少，沒辦法了解其中的運作原理。

再說，他現在實在太累了。

「好吧，再說那扇傳送門也不會永遠開著。」馬爾德伯爵說，「我應該走了。」他向眾人道別。

「請問，能夠讓我知道你們會怎麼處理我的書嗎？」賽斯問。

每當他將那本書握在手裡時，書似乎總是會變得暖和起來，彷彿回到歸屬之地。賽斯覺得，承認自己和一本可能由邪惡巫師寫的書有這樣的連結似乎不是件明智的事，但一想到他將永遠都無法再看到那本書，他突然間變得無法忍受這種事發生。

本來在回沖茶的白鑞轉過頭，臉上皺成一團微笑，他的雙眼在眼鏡後方閃爍著鮮豔的藍色光芒。他從口袋裡取出小黑書，然後把它推向賽斯。

賽斯伸手去拿。這本書應該就是安卓莉會堅持必須清除的魔法物品之一。他動作迅速地把書藏進上衣內裡，貼著自己的身體。它緩緩地散發著光芒。

他抬起頭，看著站在一旁俯視自己的安卓莉，「我覺得你還沒搞懂現在的情況。」她說。

「我懂。妳是臥底的魔法祕密探員，正在調查那些在爆炸中失蹤的巫師。妳的工作是查出到底誰是真正死於創傷日，又有誰只是躲了起來。我甚至知道妳的調查方法——妳會進入那些擁有魔法使用紀錄的建築物裡，如果裡面只有舊的魔法痕跡，那妳就會拿走所有魔法物品，而這項過程就叫做『清潔』。看吧，我對每件事都瞭若指掌。我知道妳為什麼會來這裡，妳正在追查一位在爆炸中失蹤的巫師，維奇・若克特，想要知道他是死是活。不過，我還是不相信這位被視為邪惡巫師的維奇・若克特曾經住在最後良機旅店裡，而且還持有泰洛迷斯博士的螢火蟲之籠。籠子一定是已經存在這裡好多年了。維奇・若克特是科學巫師，很可能曾經在這裡進行各種邪惡的科學魔法實驗，而這本書很可能就是他的。但是如果可以的話，我想要把書留下來。」他一口氣說完。

安卓莉和白鑞都沒說話，賽斯很想知道他們到底還有什麼事沒告訴他。

「這個地方的魔法紀錄——妳該不會——妳該不會是覺得邦恩家是個魔法家族吧？」他詢問的語氣裡充滿恐懼。隨著越來越多拼圖到位，他真的不喜歡現在自己看到的事情的樣貌。「還是這間房子——？他只是剛好發現了螢火蟲之籠的使用方法，對吧？」另一個更可怕的念頭震撼了賽斯。「蒂芬妮——她不會遺傳了魔法能力吧？」

「你說對了一件事，這棟房子的確迫切需要清理。」安卓莉用鼻子嗤了一聲。「天曉得當我們澈底清理過這地方後會找到什麼東西。這裡的牆壁裡還是有魔法存在，花園裡也絕對還有。不過別擔心，邦恩一家並不是魔法家族。」

放下心中大石的賽斯吐了好大一口氣。

白鑞爆出大笑，「瞧你興奮的。」他向賽斯靠了過來。「我知道這是個很不錯的地方，有那片讓人毛骨悚然的森林、螢火蟲還有兔子。不過，賽斯，你對自己的家族了解多少？邦恩夫婦是怎麼提到你父母的？」

「我父親是他們的員工，是這裡的主廚，然後——」

「賽斯，剛剛你提到維奇．若克特……聽著，你應該已經知道維奇．若克特是個女人，不是男人了吧？」安卓莉說，「你應該也知道維奇．若克特很可能就是你的母親吧？」

賽斯眨了好幾次眼，他的腦袋拒絕理解她剛才說了什麼。他感覺自己隨時都有可能再次昏倒。「但是……但是維奇．若克特，那個在爆炸中失蹤的邪惡巫師，不可能是我、我的母親呀。」

「這點的確還需要詳細調查，」安卓莉說，「不過，有這種可能。」

這表示安卓莉來到這裡的目的，是為了調查他的母親是否仍然在世。

這聽起來太不可思議了，難以消化。

賽斯鑽進自己腦中，去尋找任何一絲關於他母親的記憶。以前每當賽斯試圖談到媽媽，父親總是會沉默不語或變得消沉起來，所以他很久以前就不再追問了。

她真的有可能是邪惡巫師，而且還留下一本關於魔法物品的神祕書籍給他嗎？他父親知道這些事嗎？

如果父親連這件事情都完全沒跟他提過，那他之後還可能發現多少其他事情呢？他的父母還藏了多少其他祕密？

他的思緒不停轉動。如果魔法界的官方認為母親在爆炸中失蹤，這也表示沒有任何人可以肯定——他的媽媽真的已經死了嗎？

白鑞咯咯笑了起來。「而且我還很確定，擁有這間旅館的人根本不是邦恩夫婦。我猜這裡其實是你母親的老家，他們騙了你，在你父親消失之後侵占了這個地方。你當時年紀還太小，記不清楚這到底是怎麼回事。要不是剛好絲奎小姐和她的部門調查了這些事，根本沒人能揭穿邦恩夫婦。」白鑞看了看他那只巨大的手錶。「好了，該工作了。」他站起身。

賽斯只能直瞪眼來回看著他們兩個。「這間旅店是『我的』？」他大幅度擺手吸引安卓莉注意，希望能得到確認。她點了點頭。

「賽斯，不知道你有沒有想過，或許你可以學著嘗試施展一點魔法？」她說著，還低低地咳了一聲。

這真的太誇張了。賽斯所能給出的反應就只是呆呆地搖著頭，感覺自己的下巴鬆到闔不上快掉下。

「你知道，或許你可以找到某些你能施展的咒語，這是有可能的，只需要一點點屬於魔法的火花就夠了。之後，也許你可以試試看申請參加遠景選拔，正式加入魔法世界。」

賽斯的心裡有很大一部分希望這能成真，也許他真的能夠做到這些事。「我從來沒施展過任何魔法。到頭來，我可能只會變成另一個想要欺騙魔法社會、不切實際的怪咖。」他悄悄地說：「難道我會不知道自己有沒有魔法才能嗎？白鑞警探跟我說過，魔法是一般人所能選擇學習的技巧中最困難也最危險的一種。我甚至沒辦法——」

「但你不是一般人，賽斯。」安卓莉打斷他，「魔法比你剛才說的要更複雜許多。魔法……啊，這真的很難解釋。魔法的特性在於，它對不同的人來說，難度也不一樣，有些人甚至完全無法使用魔法，即使他們非常、非常想要學會也一樣。我很幸運，不僅來自魔法家族，還繼承了非常強大的魔力，但直到你提起足夠勇氣去嘗試以前，你都不會知道自己到底有沒有遺傳到任何真正的魔法。你繼承的魔力可能跟我一樣強大，但這必須努力去挖掘才會知道。」

「或者，你也可能會像鱒豆小姐一樣，什麼都沒遺傳到。」本來伸手要開門的白鑞轉過頭來插了一句。

賽斯想到泰洛迷斯博士所做出的犧牲。他為了確保魔法世界能繼續強盛下去而努力奮戰，持續歡迎、培養新加入魔法界的成員，確保所有巫師都能將魔法用在善的一面。泰洛迷斯博士是真的相信任何人都能學習魔法，他相信人們需要的只是一點點魔力的星火——然後再透過閱覽艾樂舍祕密圖書館中的魔法文獻，努力訓練自己的魔力。

如果安卓莉認為他有機會能錄取進入魔法社群，那他就會去做。他會找到方法。他會找到擁有魔力的方法。

只不過，還有一件事會讓他萌生退意。如果他們對他母親的假設是對的，而且他和母親的小黑書之間也有某種吸引力——這是不是表示他註定只能使用黑暗魔法呢？

此時他暗自發誓，如果之後發現自己真的能夠施展任何魔法，他會確保自己絕不使用任何會導致人們死亡的法術。

他跟著白鑞和安卓莉走到旅店大門外。他本來覺得要和他們告別是件困難的事，但現在他擁有自己的使命了，有比食譜更令人興奮的東西正等著他去嘗試，他將會嘗試施展魔法。

「賽斯，別忘了，邦恩先生那裡有幾本非常適合初學者的基礎魔法教科書。」安卓莉提醒道。「試試看吧，你可能會發現自己也是幸運的那一個，而魔法沒有想像中那麼難。」她猶豫了一下，「只是，賽斯，別用那本黑書裡的魔法好嗎？我想裡頭應該有一大堆咒語，不過對初學者來說，要分辨咒語的好壞不是件容易的事。」她點頭示意。

「再見了，賽斯。」

白鑞和安卓莉踏入一道閃爍的光束之中，那應該就是他們用來離開最後良機旅店的傳送門。

「如果你能答應我，去試著接觸魔法，那麼我保證，我會在兩個星期後回到這裡，來看看你進度如何。」白鑞大喊著。

「我答應你！」賽斯也大叫。真的只要兩個星期就夠了嗎？每個人都一直告誡他魔法有多困難，現在卻又說對不同的人而言難度也不同。他實在很難接受自己的母親其實是魔法世界的人，甚至根本無法想像自己可能遺傳到她的魔力。

現在的他比任何時候都希望自己的雙親就在這裡。他該從哪裡開始呢？該如何嘗試，才能和母親一樣擁有施展魔法的能力呢？他擺弄著自己的手指，讓它們繞著彼此轉來轉去，彷彿知道它們也有機會能發出魔法光芒，就像安卓莉用手杖施放的那樣。

確定白鑞還會再回來讓賽斯的心情輕鬆了一點。而知道原來魔法世界真的存在，甚至自己也有可能成為其中的一分子，讓他整個人都興奮了起來。事實上，當他揮手看著白鑞和安卓莉的身影消失時，他已經迫不及待想立刻去試試看了。

致謝

在邁向出版的旅程中，我們總要付出一些辛勞、獲得一兩次醍醐灌頂，並遇上不只一點點的運氣。不過其中最重要的，還是你在一路上結交到的朋友。

這樣說來我非常幸運，因為我有許多要感謝的人，他們都對這本書做出了貢獻，尤其是給予我善意與支持的家人和朋友。

非常感謝莎莉・珀鄧（Sally Poyton）和喬・懷頓（Jo Wyton），他們是極為聰慧的作家、寫作夥伴，也是絕佳好友。感謝SCBWI牛津評論小組的其他組員，我們正往稱霸世界的目標邁進。感謝我在鼓勵人心的金蛋學會（Golden Egg Academy）中遇到的所有人，以及BookBound部落格的團隊，你們在最適當的時機點發揮了強大的影響力。感謝耐心閱讀初期草稿的讀者，特別是奧斯佩斯・葛瑞格（Elspeth Greig）、珊卓・辛普森（Sandra Simpson）、艾力克斯・桑頓和提姆・桑頓（Alex and Tim Thornton）。

我要對《泰晤士報》雞之屋兒童小說大賽（*The Times*—Chicken House Children's

Fiction Competition）的評審表達由衷的感謝，謝謝你們選了我的書！還要謝謝在每個階段都能提供專業指引的雞之屋整體團隊，你們給了這本書所能擁有最愉快、最有才華、最支持且最熱情的家。

謝謝出色的插畫師麥特·桑德斯（Matt Saunders）讓本書成為一道美麗風景，能與你合作是我莫大的榮幸。

謝謝牛津郡學校圖書館員這群超級英雄聯盟——特別是芭芭拉·希可佛（Barbara Hickford）和棠娜·波卡克—貝爾（Donna Pocock-Bell）——妳們不只支持我、與我建立友誼，還每日不懈將孩子們帶往閱讀的領域。

感謝我在多數書店（Mostly Books）認識的許多許多人，在我得知贏得大賽獎項時，謝謝你們讓我瞬間成為搖滾巨星。謝謝世界上最棒的銷售團隊：茱莉亞·貝洛斯（Julia Burrows）、莎拉·丹尼斯（Sarah Dennis）、凱薩琳·帝克斯（Catherine Dix）、英米琴·哈葛利夫（Imogen Hargreaves）、凱倫·尼寇斯（Karen Nicholls）和珍娜·華盛頓（Jenna Washington）。我也沒忘記格雷漢·瓊斯（Graham Jones）與其他優秀的業界人士，能與你們合作是我的榮幸，謝謝你們對這本書的大力支持。

最後，如果沒有我最棒的丈夫馬克·桑頓（Mark Thornton）的支持與一路陪伴，這本書都無法成真。沒有你，我無法獨自辦到這一切。

小說精選

賽斯謎團：最後良機旅店

2020年7月初版　　定價：新臺幣380元

著　者	Nicki Thornton
譯　者	黃彥霖
叢書編輯	黃榮慶
校　對	邴啟菁
內文排版	極翔企業
封面設計	烏石設計

出版者	聯經出版事業股份有限公司
地址	新北市汐止區大同路一段369號1樓
叢書編輯電話	(02)86925588轉5307
台北聯經書房	台北市新生南路三段94號
電話	(02)23620308
台中分公司	台中市北區崇德路一段198號
暨門市電話	(04)22312023
台中電子信箱	e-mail：linking2@ms42.hinet.net
郵政劃撥	帳戶第0100559-3號
郵撥電話	(02)23620308
印刷者	世和印製企業有限公司
總經銷	聯合發行股份有限公司
發行所	新北市新店區寶橋路235巷6弄6號2樓
電話	(02)29178022

副總編輯	陳逸華
總經理	陳芝宇
社長	羅國俊
發行人	林載爵

行政院新聞局出版事業登記證局版臺業字第0130號

本書如有缺頁，破損，倒裝請寄回台北聯經書房更換。　ISBN 978-957-08-5553-1 (平裝)
電子信箱：linking@udngroup.com

Original English language edition first published in 2018 under the title LAST CHANCE HOTEL by The Chicken House, 2 Palmer Street, Frome, Somerset, BA11 1DS

國家圖書館出版品預行編目資料

賽斯謎團：最後良機旅店/Nicki Thornton著．黃彥霖譯．
初版．新北市．聯經．2020年7月．296面．14.8×21公分
（小說精選）
譯自：The last chance hotel.
ISBN 978-957-08-5553-1（平裝）

873.596 109007859